剣聖女アデルのやり直し2
―過去に戻った最強剣聖、姫を救うために聖女となる―
—Author— ハヤケン
—Illustration— うなぽっぽ
の……っ!?」
鎧に身を包み、
えないが――
その鎧そのものに、アデルとしては覚えがある。
あり過ぎる。

ケルベロス
──聖女となったアデルと盟約した高位の神獣
固有名は【プリン】
ユーフィニア
──アデルが絶対の忠誠を捧げる思慮深い姫君
聖女として破格の能力を有する
アデル・アスタール
──過去に戻った結果、美少女化した元剣聖♂
聖女に覚醒後、ユーフィニア姫の護衛騎士となる

トリスタン
——回帰前の世界では狂皇と恐れられた暴君
ユーフィニア姫の死の原因にもなった
アデルの宿敵
アンジェラ・オーグスト
——マルカ共和国軍の銀獅子師団副長
マッシュとは因縁がある模様

「ひ、姫様……その、少々……」
「ん……うぅ……」
くすぐったいので少し身を離そうとするが、逆にぎゅっと抱き着かれてしまい逃げ場が無くなってしまう。

剣聖女アデルのやり直し 2

～過去に戻った最強剣聖、
姫を救うために聖女となる～

ハヤケン

HJ文庫
1102

口絵・本文イラスト　うなぽっぽ

KenSeijyo Adele no Yari Naoshi

2

CONTENTS

剣聖女アデルのやり直し
——過去に戻った最強剣聖、姫を救うために聖女となる——

第１章◆未開領域発生事件

アデルがユーフィニア姫《ひめ》の護衛騎士《ごえいきし》となってから、少し過ぎたある日――

王宮の中庭にアデルはいた。

グオオォォッ！

目の前に猛然《もうぜん》と迫《せま》って来る、巨大《きょだい》な獣《けもの》の鋭《するど》い牙《きば》。

「させんっ！」

アデルは素早《すばや》く跳躍《ちょうやく》し、迫って来るケルベロスの頭の上に躍《おど》り出る。

『うぬっ！』

しかし俊敏《しゅんびん》なケルベロスの反応は早い。

アデルがケルベロスの首元に足を着いた瞬間《しゅんかん》には、既《すで》に首と身を捻《ひね》り空中のアデルを捉《とら》えようとする気配を見せている。

このまま首を蹴《け》って後ろに回り込《こ》もうとすれば、逆に空中にいる所を捉えられるかも知れない。

「はあっ！」

だがアデルはケルベロスが読んでいるであろう動きを取る。

ケルベロスの首元を蹴って跳躍をした。

『読めているぞ！　アデルよ！』

ケルベロスは勇んで、アデルを追って飛び掛《か》かる。

だがアデルの身は、ケルベロスの跳躍力《ちょうやくりょく》を超《こ》える程《ほど》に遥《はる》かに高く、上へと飛び上がって行ってしまう。

『何ィ……⁉』

自分の方が一拍《ぱく》後に飛び上がったのに、先に落ち始めるとケルベロスは驚《おどろ》きの声を上げる。

気の術法、『錬気《れんき》収束法』により蹴り足を一点集中で強化し、俊敏な狗《いぬ》の神獣《しんじゅう》であるケルベロスを上回る跳躍力で跳《と》び上がったのだ。

「そこだっ！」

空中のアデルは得物である術具火蜥蜴の尾《サラマンダーテイル》を、ケルベロスへと向ける。

ビシュンッ！

細い鞭《むち》のような赤い炎《ほのお》が空中のケルベロスへと伸《の》び、その首に巻き付いた。

「縮めっ！」

炎の鞭は短くなり、お互《たが》いの距離《きょり》が詰《つ》まる。

空中での回避《かいひ》行動は難しい。

ケルベロスもそれを狙《ねら》って、アデルを追って跳躍した。

アデルの狙いも一緒《いっしょ》だ。

俊敏で動きの速いケルベロスに攻撃《こうげき》を当てるのは骨が折れる。

空中に誘《さそ》い出し、身動きが自由にならないところを撃《う》つ！

「そこだっ！」

アデルは火蜥蜴《サラマンダーテイル》の尾に気を流《なが》し込んで覆《おお》う。

気の術法、『錬気増幅法《ぞうふく》』。

術具を己《おのれ》の肉体の一部のように一体感を高め、手や足の如く気で強化する。

それにより、術具はそれ本来の威力《いりょく》を大幅《おおはば》に上回る威力を発揮する。

本来は先程《さきほど》のような、細い鞭状の赤い炎を生み出すだけの火蜥蜴の尾《サラマンダーテイル》。
それがアデルの『錬気増幅法』を受けると、より高温の青い炎を前後両端《りょうたん》から生み出し、
肉厚の炎の双身剣《そうしんけん》と化す。
「でぇぇいっ！」

ザシュウウウッ！

火蜥蜴の尾《サラマンダーテイル》の斬撃《ざんげき》が空中のケルベロスを見事に捉えた。
『うぬっ……!?』
そして、アデルもケルベロスもほぼ同時に着地する。
『だが、効かんぞ……！　我に炎の刃《やいば》などな……！』
ケルベロスは強い炎の力を持つ神獣。
自身も強力な炎を噴《ふ》き出す事が出来る。
「だが一本は一本だ。ここは私の勝ちだな？」
アデルはそう言って、ケルベロスに笑《え》みを向けた。
非常に美しい少女の体であるアデルの笑みは、見るものに可愛《かわい》らしさと爽《さわ》やかさを感じ

させるものである。

「「まあ……！　ケルベロス殿《どの》をああもあしらうとは……！」」

「「何て凄《すご》い……！」」

見ていた王城の駐留《ちゅうりゅう》聖女達《たち》からも、驚嘆《きょうたん》のため息が上がっていた。

『ふん……口惜《くちお》しいが、我《わ》が聖女がここまでの剣士《けんし》であることは誇《ほこ》らしくもある。複雑なものだな』

ケルベロスは少々口《くち》の端《は》を上げて、笑みのようなものを見せる。

こうして自分と盟約した神獣と稽古《けいこ》ができるのも、聖女の力の便利な所だ。

いつでもどこでも、望めば訓練相手を得られるのだから。

このケルベロスは高位の神獣として強大な力を持ち、またアデル以上に好戦的で己の力を高める事に熱心である。共に研鑽《けんさん》する相手としてはこの上ない。

「ご苦労だったな。暫《しばら》く休んでいるといい」

『うむ。そうするか』

ケルベロスの姿が消失し、アデルの影《かげ》に同化していく。

「クレア殿。模擬戦《もぎせん》の方、終了《しゅうりょう》しました」

アデルは見ていた駐留聖女筆頭のクレアの方にそう呼びかける。

駐留聖女とは聖塔《せいとう》教団から派遣《はけん》され、国内の聖塔の維持《いじ》管理等、聖女の力が必要となる諸々《もろもろ》の事柄《ことがら》について、王家やそれに準じる者達に力を貸す存在である。

各国と聖塔教団との繋《つな》ぎ役《やく》とも言えるし、監視《かんし》役とも言える。

聖女とその力は、基本的に全て聖塔教団によって管理されるべきものである、とされているようだ。

聖女が世俗《せぞく》の官爵《かんしゃく》を得る事も禁じられているが、アデルは特例でユーフィニア姫に仕える護衛騎士という立場を得て、今こうしていた。

「え、ええ……見事なお手並みです。我が師よりお話は伺《うかが》っておりましたが、これ程のものとは……素晴《すば》らしいものですね」

アデルに声をかけられたクレアは、呆気《あっけ》に取られたような顔を取り繕《つくろ》いそう応じる。

聖女としての所作や作法や知識の面で、いつもクレアからお小言を頂いている身としては、少々胸のすく思いである。

クレアは聖女としての才能豊かなユーフィニア姫の教育係を務めている事もあり、そういう事には煩《うるさ》いのだ。

「本当に、お見事です……！」

「アデル様には、護衛騎士も必要ないかも知れませんね……！」

聖女は神獣と盟約し、その強大な力を使役《しえき》する。

が、必ずしも本人が直接戦闘能力《せんとうのうりょく》に秀《ひい》でている必要はない。

神獣を呼び出し聖域が展開されている間は、聖女自身は術法を行使する事は出来ない。

それゆえ護衛騎士を傍《そば》に置き、護衛騎士は聖女が展開する聖域に満ちる神滓《アニマ》を利用して術法を繰《く》り出し、聖女を守る。

戦いにおいてはそういった役割分担が為《な》される事が、一般的《いっぱんてき》である。

アデルの場合、気の術法は術法と呼ばれているものの、その元となるのは神獣の神滓《アニマ》では無く、自分自身の神滓《アニマ》。すなわち人間の『気』である。

一般的な術法とは根本的に異なり、ケルベロスを召喚《しょうかん》しながらも問題なく繰り出すことが出来る。

今のユーフィニア姫のもとに馳《は》せ参《さん》じる前――黒い全身鎧《ぜんしんよろい》を纏《まと》った護衛騎士の青年、『剣聖《けんせい》アデル』と呼ばれていた頃《ころ》の戦い方だ。

時を遡《さかのぼ》り女性の体になってしまった後も、身に付けたその技術は健在だ。

「アデルは本当に凄いです……！」

ユーフィニア姫も、パチパチと拍手《はくしゅ》をしてそう言ってくれた。

「はっ！　お褒《ほ》め頂き光栄です！」

唯一《ゆいいつ》アデルが認める主であるユーフィニア姫からの言葉は、何よりのご褒美《ほうび》。

アデルは満面に笑みを浮《う》かべて、深々と頭を下げる。

今はクレアが主導する聖女としての鍛錬《たんれん》の時間で、十名ほどいる城の駐留聖女達とユーフィニア姫、アデル達が集まって、それぞれ精神統一をしたり、神獣同士で模擬戦を行ったりしていた。

その中で、アデルは神獣と神獣ではなく、ケルベロス対自分の模擬戦を披露《ひろう》していたのである。

「護衛騎士《ごえいきし》要《い》らないなんて言われたら、あたし達の立場無いよね……！」

「まあ、あくまでアデルには、だからな……！」

「それは、そうだけどね……！」

中庭の端《はし》の方では、メルルとマッシュがそう言い合いながら打ち合いを行っていた。

メルルの槍《やり》の術具風妖精の投槍《シルフィードスピア》と、マッシュの持つ大剣《たいけん》のぶつかり合う音が響《ひび》く。

打ち合うたびに明確にマッシュの得物が刃こぼれしていくのは、やはり武器の格が違《ちが》うからだろう。

マッシュの大剣は、城の武器庫から調達して来た普通《ふつう》の大剣だ。

メルルの出身はウェンディール王国領内の街、シディルに拠点《きょてん》を構える大商人のセディス家らしいが、流石《さすが》いい術具を実家から持ち込んでいる。

「では皆《みな》さん、そろそろ鍛錬の時間はお終《しま》いにして、それぞれのお務めに戻《もど》りましょう」

クレアがそう聖女達に呼びかける。

「「ええ承知しました、クレア様」」

「「お疲《つか》れさまでした。ありがとうございました」」

聖女達はそれぞれに労《ねぎら》い合い、優雅《ゆうが》な所作で礼を交《か》わす。

流石聖女達の振《ふ》る舞《ま》いはそれぞれに洗練されていて、品のようなものが感じられる。

「あ、終わったみたいね。あたし達も切り上げよっか」

「ああ、お疲れ様。メルル」

「うんお疲れ、マッシュ」

メルルとマッシュは手を止めて、ユーフィニア姫のもとに集まる。

アデルの試合を見つつ精神集中を行っていたユーフィニア姫のすぐ傍には、姫の神獣である ペガサスがいた。

「メルルもマッシュも、お疲れ様です」

ユーフィニア姫は笑顔《えがお》で労い、ペガサスはメルルへすっと近寄る。

そして、うっすら汗《あせ》の滲《にじ》んだメルルの首元や胸元《むなもと》をクンクンと嗅《か》ぎまわる。

それは、動物がメルルに懐《なつ》いてじゃれついていると見れば、美しい光景なのかもしれないが――

「あはは。くすぐったいよ、ペガちゃん。それに今あたし、ちょっと汗臭《あせくさ》いかもだし～」

『美少女の汗いただきまぁぁぁ～っす！』

ペガサスが大きく舌を出す。

「貴様あぁぁぁっ！」

アデルは火蜥蜴の尾《サラマンダーテイル》から細い炎の鞭を生み出し、ペガサスの口をぐるぐる巻きにして塞《ふさ》ぐ。

そして思い切り引っ張り、メルルから引き剥《は》がす。

『んがっふ……！　んごごご……！』

「アデル、だ、ダメだよ姫様《ひめさま》の神獣にそんな……！」

「……メルルは何も知らないだけだ」

神獣の声は、聖女の資質の無いメルルには聞こえない。

メルルもこのペガサスの発言が聞こえていたら、悲鳴を上げて殴《なぐ》り倒《たお》していただろう。

「アデルは妙《みょう》にペガサスには厳しいな……？」

マッシュも少々驚いている。マッシュにも無論、神獣の声は聞こえない。

「説明するのも汚《けが》らわしい……！　おい貴様、さっさと姫様の影の中に引っ込んでいろ」

『そ、その前に……せめて直接締《し》め上げてくれぇ……そのオッパイに挟《はさ》まれてぇ……』

「……ケルベロスの炎を浴びたいか？」

アデルは真後ろにケルベロスを出現させる。

『そんな事で呼び出すな。で、この者を焼き殺せばいいのか？』

『ひぃぃぃぃぃっ……!?』

ペガサスは悲鳴を上げ、ユーフィニア姫の影に戻って行く。

「あははは……」

ユーフィニア姫は何と言っていいか分からないような、微妙《びみょう》な笑顔を浮かべていた。

「アデルさん……神獣は我等聖女の呼びかけに応じて力を貸してくれますが、それは盟約であり主従の関係ではないのです。扱《あつか》いはくれぐれも、敬意と礼節を持って……」

クレアがアデルに、そう声をかけて来る。

その内容には、少々――いや、かなりアデルとしては不服である。

「……クレア殿！　お話がございます！　少々こちらへ……！」

と、アデルはクレアの手を引っ張って、ユーフィニア姫には聞こえない中庭の隅《すみ》へ移動した。

クレアに関しては、前々から疑問に思っていたことがある。

この際ここでぶつけておこう、と思う。

これもユーフィニア姫のためになるはずだ。

「ど、どうしたのです、アデルさん……？」

「どうもこうもありません……ッ！　なぜあんな下劣《げれつ》な神獣がユーフィニア姫様のお側《そば》にある事をお認めになっているのです……！　どう考えても姫様の健《すこ》やかなる成長に悪影響《あくえいきょう》ではありませんか……⁉　姫様の教育係たるクレア殿のなさりようとも思えません……！

あの者の態度と発言について、聞こえていないわけではありますまい……⁉」

「ああ……その事ですか。まあ確かに――アデルさんの言いたい事は分かりますが……」

「ならば何故《なぜ》……⁉　手をこまねいて見ておられます……⁉　さっさと叩《たた》き出して、姫様には別の神獣との盟約をして頂くように致《いた》しましょう！　何でしたら我が神獣をお使いになって下さって構いません……！　共にユーフィニア姫様を説得いたしましょう！」

「ペガサス殿との盟約を破棄《はき》する事は、姫様自身がお望みになりません。大丈夫《だいじょうぶ》、姫様にはペガサス殿の発言で意味の分からない事は聞き流すように申し上げております」

「し、しかしそれだけでは……」

「姫様がペガサス殿と盟約なさってから、もう数年経《た》っております。ですが姫様の立ち振る舞いはあの通り……特に悪い影響《えいきょう》などは感じられませんでしょう？」

「無論姫様は、透《す》き通る清水のごとく清廉《せいれん》でいらっしゃいます……！　ですがそれがいつまでも続くと見込《みこ》むのは……！」

楽観が過ぎるのではないか、とまで言おうとして、ふとアデルは思い出す。

時を遡る前の、ユーフィニア姫の様子を。

ペガサスを自分の神獣として側に置き続け、あの時はもう王国が崩壊《ほうかい》して旧ウェンディール領だったシィデルの街で戦いに巻き込まれ――そして帰らぬ人となった。

最後まで、聡明《そうめい》で清廉なユーフィニア姫のままだった。

つまりそれは、ユーフィニア姫の今後の人格形成において、アデルの懸念《けねん》するペガサスの悪影響は特に起きない、という事になってしまうのではないだろうか？

アデルにとって、それは全く不本意なのだが。

「大丈夫です、姫様を信じましょう？」

「うぬぬぬぬ……」

「それに、ペガサス殿の存在というのはとても希少なのです。一説には神々が異なる世界を渡《わた》る際の乗馬であったとされる程の、神聖な存在です。我ら人間と盟約して下さる事が既に奇跡的《きせきてき》なのですよ？　我が師テオドラ様ですら初めて目にしたと……ユーフィニア姫様があれ程の聖女としての力をお持ちなのも、ペガサス殿の影響無くしては考えられません」

「ですが納得《なっとく》できません……！　あの下品な者の下劣な行動を黙《だま》って見過ごせと……!?」

「そうは申しません。ペガサス殿を矯正《きょうせい》出来るものならば、私としてもお願いしたい所です。ですが我々このお城の駐留聖女では、ペガサス殿には話もさせて頂けませんので」

あのペガサスは、純潔の女性を好む。

クレアや城の駐留聖女達は、全員そうではないという事だろう。

「私にそれをせよと？」

「命令とは言いません。可能なものならお願いいたします。ですが、いずれにせよもう数年も経てば、ペガサス殿もユーフィニア姫様のもとを去る事になるでしょう。そう遠い事ではありませんよ」

「？　何故です？」

「ユーフィニア姫様は王族であり、才能ある聖女でもあります。国は兄君が継《つ》がれますから、四大国のいずれかの国へと輿入《こしい》れする事になるでしょう。そうすれば……理由はお分かりですね？」

結婚《けっこん》をすれば当然男女の営みが発生し、そしてユーフィニア姫は純潔性を失いペガサスはそれを嫌《きら》って姫のもとを去る。そういう事だとクレアは言っている。

中の国ウェンディールの姫君《ひめぎみ》であり、聖女としての才能もずば抜《ぬ》けているユーフィニア姫は、どの国の王子の結婚相手としても申し分ないだろう。

加えて本人の性格も慎《つつし》み深《ぶか》く極《きわ》めて聡明であり、容姿の方も花も恥《は》じらう美しさ。

もう少し経てば、婚約《こんやく》の引く手数多《あまた》だろう。

「……あ！　そう言えば……ッ！」

重要な事に思いが至る。

時を遡る前に出会ったユーフィニア姫には、既に許嫁《いいなずけ》がいたのだ。

その相手は、アデルも見知った相手である。

「狂皇《きょうこう》トリスタン……奴《やつ》はまだ姫様とは……」

トーラスト帝国《ていこく》は『四大国』と呼ばれる国々の中で、北西に位置する大国である。

そのトーラストの皇帝《こうてい》、トリスタン。

時を遡る前は、北国《ほっこく》同盟の盟主として世界中を巻き込む大戦を引き起こし、ウェンディール王国の滅亡《めつぼう》の主要因となった人物の一人だ。

大戦末期、ユーフィニア姫を失いその敵を討《う》つべく北国同盟と敵対する南邦連盟に加担したアデルが狂皇トリスタンを討ち取った事によって北国同盟は瓦解《がかい》、大戦は終結した。

そのトリスタンが、ユーフィニア姫の許嫁だったのである。

無論その約束は、大戦の勃発《ぼっぱつ》とウェンディール王国の滅亡によって、無かった事になったわけだが。

戦の大聖女エルシエルは、そのトリスタンと協力関係にあった。

アデルとしては時を遡った今の時間において、エルシエルと並ぶかそれ以上の排除《はいじょ》対象である。

「狂皇……？　トリスタンとは、トーラスト帝国のトリスタン皇子ですか？」

「あ、いえ……何でもありません、クレア殿。ペガサスの件は承知しました。私が矯正を試みます」

クレアの話では、ユーフィニア姫はまだトリスタンと婚約する前のようだ。

現在のユーフィニア姫の年齢《ねんれい》を考えれば、本来アデルと出会うのはここから四、五年後となる。

となれば、近いうちにユーフィニア姫とトリスタンの婚約が起きるのかも知れない――逆に五年後までにユーフィニア姫がトリスタンと婚約しなければ、未来は確実に違う方向に向いているという事だ。

それを確実なものにするためには、トリスタンを抹殺《まっさつ》する事が一番手っ取り早い。

大戦勃発の首謀者《しゅぼうしゃ》が消え失《う》せれば、大戦も食い止められるはずだ。

ユーフィニア姫の悲劇の未来を変えるため――その時が来たら、躊躇《ためら》わない。

アデルはそう心に念じた。

「そうですか。では、それぞれのお務めに戻り……」

クレアがそうアデルに言いかけた時――

「クレア殿！　クレア殿――！　おられますか⁉」

一人の騎士が中庭にやって来て、クレアの名を呼ぶ。

「ここにおります。どうなさいました？」

「王がクレア殿をお呼びです！　至急お出で下さい！」

「承知致しました。それで、ご用件はご存知《ぞんじ》ですか？」

「はい。トーラスト帝国、マルカ共和国との国境付近の聖塔が破損し、未開領域が発生しているとの事です！　国王陛下は至急クレア殿と対応を協議したいと……！」

「何ですって……⁉　分かりました、すぐに参ります！」

クレアが厳しく表情を引き締め、小走りに中庭から去って行く。

「ふむ、未開領域か……ご苦労な事だ」

駐留聖女の主な任務は、その国にある聖塔の維持管理を行う事だ。

これはクレアや、騎士団《きしだん》の面々の領分だろう。

アデルとしてはクレアがそちらの対応にかかりきりになれば、聖女としての作法とやらについてお小言を頂く機会も減るかも知れない。悪くはない事だ。

「アデル……！」

ユーフィニア姫がアデルの近くにやって来る。

「姫様？　どうなさいました？」

「わたくし達も参りましょう……！」

その表情は、極めて真剣《しんけん》なものだった。

◆◇◆

「「な……なりませんっ！」」

ユーフィニア姫に向け全く同じ言葉を発したのは、アデルとクレアだった。

「珍《めずら》しいね……アデルとクレア様が同じ事言ってるなんて」

「そうだな……意外と気が合うのか？」

そう言い合うメルルとマッシュを、アデルは窘《たしな》める。

「何を言っている！　二人も姫様をお諌《いさ》めしろ……！」

ユーフィニア姫が言い出したのは、領内に発生した未開領域の対処に、自分も帯同したいという事だった。

未開領域とは聖塔の祝福を受けていない土地の事だ。

そもそも聖女が造り出す聖塔の力により浄化《じょうか》をしなければ、大地は瘴気《しょうき》を吹《ふ》き出し魔物《まもの》を生み出す。人々が安全に暮らすには、厳しい環境《かんきょう》になってしまう。

それは、この世界の大地が邪神《じゃしん》の亡骸《なきがら》の上に根差しているからだと言われている。

人や神獣の創造主たる女神《めがみ》アルマーズは、滅《ほろ》んだ世界の代わりに邪神の亡骸の上に土を敷《し》き詰め、新たな大地とすると力尽《ちからつ》きた、という伝説だ。

邪神棺理論《グレート・コフィン》と言うらしいが、真偽《しんぎ》のほどは別として、現実に未開領域は発生し、それを封《ふう》じるには聖女が聖塔を打ち建てる他は無い。

今回、ウェンディール王国の北部、北西のトーラスト帝国と北東のマルカ共和国の北方二国との国境に近い第七番聖塔が破損し、周辺一帯が未開領域化してしまったらしい。

対応としては、クレアをはじめ城の駐留聖女達と城の騎士団から選抜《せんばつ》した鎮圧《ちんあつ》部隊を編成し、現地に向かわせるのが妥当《だとう》だろう。

事実、駐留聖女筆頭のクレアと騎士団長のベルゼンが具体的な人員の話を詰めようとしていたのだが、そこにユーフィニア姫が自分も行きたいと言い出したのである。

無論、危険だ。ユーフィニア姫の身を無暗《むやみ》に危険に晒《さら》すなど言語道断。

アデル自身が鎮圧部隊に協力しろと命じられれば無論従うが、ユーフィニア姫まで帯同する事は頂けない。その点でアデルとクレアの意見は一致《いっち》していた。

「姫様。あのぅ、言い辛《づら》いですけど、あたしもアデルとクレア様の言う通りかなと……」

「御身《おんみ》は大切なお体です。もし何かあればその影響は計り知れず……避《さ》けられる危険はお避けになるべきかと……」

メルルとマッシュもユーフィニア姫を宥《なだ》めるように意見する。

「皆の申す通りだ、ユーフィニア。もしお前の身に何かあれば、周囲の者に責任を問わざるを得なくなる事もあり得る……それを承知で行かねばならぬ事なのか、よく考えるべきだぞ」

「お父様……」

皆から反対されて、ユーフィニア姫はしゅんとしてしまう。

それはそれで心苦しく感じて、アデルはユーフィニア姫を慰《なぐさ》めるように声をかける。

「姫様……私としては、姫様のお気持ちは理解しているつもりです」

「え……？」

「先日の中央聖塔での出来事……その余波で、第七番聖塔が破損した、とご推測なのではないですか？　それゆえ、ご自分の手で何かをしたいと……」

先日、聖女の認定《にんてい》の儀式《ぎしき》中に中央聖塔が破損した際、中央聖塔に手を触《ふ》れたのはユーフィニア姫だった。

そのため、ユーフィニア姫はあの崩壊が自分のせいだったかもしれないと気に病《や》んでいる。その影響が時間を置いて第七番聖塔にも出たと言うならば、それは自分の責任だと。

だからいてもたってもいられず、同行をしたいと言い出したのだ。

「は、はい……ですがそれが皆の迷惑《めいわく》になるのなら……仕方がないのですね」

「姫様。であれば、私に未開領域の鎮圧に帯同せよとお命じ下さい」

「え……？」

「私は姫様の忠実なる僕《しもべ》。姫様の手足で御座《ござ》います。私が為したことは、姫様の手が為した事――であれば、私に未開領域を制圧して来いとお命じ下さい。姫様のご心配の種を取り除いて参ります」

「アデル……ありがとうございます」

ユーフィニア姫の愁《うれ》いを帯びていた表情が晴れて、たおやかな笑顔を浮かべてくれる。

時を遡る前のアデルは盲目《もうもく》であり、こういった表情の変化を見る事は叶《かな》わなかった。

いざ自分の行い、自分の言葉で姫の笑顔を引き出せたのだと思うと、とても喜ばしく誇らしく、感動的ですらある。

「では……申し訳ありませんが、お願いしてもよろしいですか？」

微笑《ほほえ》みながら、ユーフィニア姫がアデルの手を取ってくれる。

その柔《やわ》らかで温かい感触《かんしょく》だけで、心に喜びが打ち震《ふる》えて来た。

「おお……私ごときに何と勿体《もったい》ない……」

感動の涙《なみだ》で、じわりと視界がぼやけて来る。

「あ、アデル……？　大丈夫ですか？」

ユーフィニア姫が様子のおかしいアデルを心配そうに覗《のぞ》き込む。

「は……！　こ、これは失礼をば……！」

「姫様。私もアデルに同行する事をお許しください」

そうユーフィニア姫に申し出たのは、マッシュである。

「あ、ずるいわよマッシュ……！　あたしにだけ留守番させるつもり……!?」

メルルが声を上げる。

「とはいえ、アデルが行くならメルルが姫様のお側に残る方がいいだろう。討伐《とうばつ》の戦力は多い方がいいだろうし……」

「うむ。ではクレア殿とベルゼン騎士団長は討伐隊の編成を早急《さっきゅう》に。加えてアデルとマッシュも……」

そう王が最終的な決定を下そうとする寸前――

皆が話していた謁見《えっけん》の間《ま》に、駆《か》け込んで来る衛兵の姿が。

「申し上げます、国王陛下！」

「うむ？　どうか致したか？」

「は……！　聖塔教団の直轄《ちょっかつ》都市アルダーフォートより、大聖女テオドラ様がお出でになりました……！　如何《いかが》致《いた》しましょう!?」

「む……？　テオドラ殿がか……!?　それは珍しい事、何か重要な話がおありに違いなかろう。すぐにお通ししろ……！」

「はっ！」

駆け込んできた衛兵が即《そく》、踵《きびす》を返してまた走って行く。中々に機敏《きびん》な動きだ。

「国王陛下、これは都合がよろしいですわ。場合によっては、我が師テオドラの助力を願う事もお考えになってよろしいかと……」

「クレア殿、そこまでする必要は無かろう。ウェンディール王国として、あまりに聖塔教団への借りを作り過ぎるのは……」

ベルゼン騎士団長が、そう述べる。

基本的に、聖塔教団は四大国とここ中の国ウェンディールにおいて、唯一無二《ゆいいつむに》の国教である。その権威《けんい》は絶大であり、立場で言えばあちらが上であることは間違《まちが》いない。

ただでさえ頭が上がらないのに、さらにそれを助長するような事は避けたいというのが、騎士団長の意見のようである。

アデルとしては、そちらの意見に賛成だ。

とはいえ理由はベルゼン騎士団長とは違い、ユーフィニア姫の手足として討伐に臨《のぞ》むと見得《みえ》を切った以上、自分の手でユーフィニア姫の憂《うれ》いを取り除きたいからだが。

「ですがそれにより、少しでも聖塔の修復が安全に進むのであれば……体面や体裁《ていさい》よりもそれが大事でしょう」

クレアがそう言う最中に、謁見の間に人影《ひとかげ》が現れる。

温和そうな老女に、左右を護《まも》るのは水色がかった銀髪《ぎんぱつ》の、少年と少女の護衛騎士だ。

塔の大聖女テオドラ。それに護衛騎士のリュートとミュウだ。

よく似た顔立ちのリュートとミュウは双子《ふたご》で、大聖女テオドラとは血の繋がった孫なのだそうだ。

「失礼致します、国王陛下」

いいながら、大聖女テオドラが丁寧《ていねい》に聖塔教団式の礼の所作を取る。

それに従うように、リュートとミュウも綺麗《きれい》に礼をして見せる。

「おお大聖女テオドラ殿……よくいらして下さった」

「いえ、お忙《いそが》しい所に押《お》しかけてしまい、心苦しく思います。我が弟子《でし》クレアが、日頃《ひごろ》より大変お世話になっております」

「こちらこそ、クレア殿にはユーフィニアの教育係も務めて頂き、大変感謝しておりますぞ」

「今日はそのユーフィニア姫様の事で、こちらに伺いました」

「ほう？　大聖女殿自らどのような御用《ごよう》ですかな？」

「ウェンディール領内の、第七番聖塔が破損したことは我々の方でも把握《はあく》しております。こちらから、聖塔修復のための部隊が編成されるものとお見受け致しましたが……もう部隊は送り出してしまわれましたか？」

「いや、こちらも知らせを受けて間もないため、今その内容について話し合っていたところでしてな」

「良かった。間に合いましたか」

大聖女テオドラが胸を撫《な》で下ろす。

「間に合う？」

「ええ、未開領域への派兵ですが、是非《ぜひ》私も帯同させて下さい」

「お師匠《ししょう》様……！　それは助かります！」

クレアが顔を輝《かがや》かせる。

「おお、テオドラ殿がそう仰《おっしゃ》って下さるのは有り難《がた》いお話……」

国王の方もそう応じている。ベルゼン騎士団長は渋《しぶ》い顔だ。

「ええ、そしてもう一つ……ユーフィニア姫様とアデルさんも私とご一緒する事をお許し頂けませんか？」

「え……!?　テオドラ様！　わたくしも連れて行って頂けるのですか……!?」

ユーフィニア姫《ひめ》の顔がぱっと輝いた。

それはとても嬉《うれ》しそうで――アデルとしては少々、いやかなり悔《くや》しい。

大聖女テオドラが一番ユーフィニア姫を笑顔にしたという事になってしまう。

それは、アデルの役目でありたいのだ。

「テオドラ殿……私は元々帯同する予定になっておりましたので構いませんが、姫様についてはお残り頂くという話を進めていた所です。理由をお聞かせ願えますか？」

アデルは大聖女テオドラに嫉妬《しっと》しつつも、努めて冷静にそう尋《たず》ねる。

「うむ。アデルの申す通りユーフィニアは大切な身だ。何か理由がおありなのだろう?」

「ええ。この機会に、ユーフィニア姫様とアデルさんに聖塔を修復し、また新たな聖塔を打ち建てる方法についてもお教えしたいと思いまして……やはり修練は、実際の未開領域で行う事が望ましいものですから。お二人の聖女としての才能は、これから先の時代をお任せするに相応《ふさわ》しきもの。私ももうこの通りの年齢ですから、まだ動けるうちに伝えるべきことを伝えておきたく――どうかご許可頂けませんか?」

「む……なるほど、大聖女テオドラ殿自らがユーフィニア達への技術の伝承をな……」

「テオドラ様……わたくし達に直接教えを頂けるのですか……!?」

ユーフィニア姫の顔の輝きが、更《さら》に一段と嬉しそうになる。

「ええ。お二人が私の最後の弟子……という事になるかも知れませんね」

穏《おだ》やかな笑みを浮かべる大聖女テオドラ。

「ぐぬぬぬ……!」

「何でそんな唇嚙《くちびるか》み締めて悔しそうな顔してるのよ、アデルってば」

「アデルにとっても、いい話なんじゃないのか……?」

「そうかも知れんがな……!」

と、こちらで話しているうちに、大聖女テオドラは更に王へと話を続ける。

「無論、ユーフィニア姫様の御身は我々も責任をもってお守り申し上げます。この二人だけでなく、他にも聖塔教団から手勢を率いて参りました。彼等《かれら》共々、未開領域の鎮圧に協力させて下さい」

「うーむ……なるほど、塔の大聖女テオドラ殿自ら、ユーフィニアとアデルに技術の伝承をな……そこまで見込んで下さっておるのか」

「お父様、大聖女テオドラ様のご功績は世界中の誰《だれ》もがお認めになるもの……その秘技は後世へと伝承するべき大切な技術です。それをわたくしが受け継ぐことが出来るならば、喜んでそうしたいと思います……！　ウェンディール王国だけではなく、世界中の国と人々のために……！　どうか我儘《わがまま》をお許しください……！」

ユーフィニア姫は国王に向かい深々と頭を下げて願い出る。

そうしながら、ユーフィニア姫はアデルの服の袖《そで》をくいくいと引っ張る。

「アデル。アデルからもお願いして下さい……！」

そんなに必死な顔をして頼《たの》まれては――

「国王陛下。大聖女テオドラ殿もご一緒《いっしょ》なれば、滅多《めった》な事は起きぬであろうと思います。無論私も全力を尽《つ》くします故、どうかご許可を……」

そう言って、ユーフィニア姫と並んで頭を下げる他は無かった。

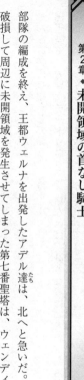

第2章◆未開領域の首なし騎士《デュラハン》

部隊の編成を終え、王都ウェルナを出発したアデル達《たち》は、北へと急いだ。

破損して周辺に未開領域を発生させてしまった第七番聖塔は、ウェンディール領内でも一番北に位置する聖塔だ。

その付近は中の国ウェンディールの周囲を囲む四大国のうち、北西のトーラスト帝国、北東のマルカ共和国との国境も近い。

下手すれば未開領域は、トーラストやマルカの領内にも及《およ》んでいるかも知れない。

そうなれば国際的にウェンディール王国の不手際《ふてぎわ》を咎《とが》められかねず、こちらとしては可能な限り早く聖塔の修復を行うしかない。そのために急ぐ必要がある。

ゆえに編成は、機動力に優《すぐ》れた騎馬《きば》部隊で総勢五十人程度。

騎士団長のベルゼンは帯同しているが、駐留《ちゆうりゆう》聖女筆頭のクレアは王城に残り、ユーフィニア姫とアデルの引率《いんそつ》は大聖女テオドラが行うという事になった。

ユーフィニア姫が出向くのだから、と留守番のはずだったメルルも同行しており、マッシュも加えて護衛騎士三人は勢揃《せいぞろ》いしている。

食料関係や聖塔《せいとう》修復のための資材は、大型の神獣《しんじゅう》であるアデルのケルベロスや、大聖女テオドラと盟約する雪のように白い毛並みに覆《おお》われた巨人《きょじん》、イエティの力を借りて、運んでいる。

もう少しで、第七番聖塔に発生した未開領域に到着《とうちゃく》するはずだ。

「……大丈夫か？　ここ数日夜間以外は動き詰《づ》めだが」

ケルベロスの背に乗るアデルは、自らの神獣をそう気遣《きづか》う。

『問題ない。この程度、丁度心地《ここち》好い鍛錬程度だ。それより、そちらはどうなのだ？　神獣を表に出すという事は、聖女にもまた負荷《ふか》がかかるはずだ』

「問題はない。少々の疲労《ひろう》は感じるがな」

体感としては、ずっと早歩きから小走り程度の負荷がかかり続ける感じだろうか。

無論、肉体的な運動の付加と、聖女の力を使う事は別次元だろうが。

疲労度《ひろうど》の体感としては、そのようなものだ。

「アデルさん。お疲れになったのなら、遠慮《えんりょ》なく仰って下さい。既《すで》にあなたは、最近になって聖女の力に目覚めたとは信じられないほど、長時間、神獣を具現化し続けています」

ケルベロスに並ぶ神獣の肩《かた》から、大聖女テオドラが呼び掛《か》けて来る。

その穏やかな表情を見て、内心アデルは舌を巻く。

全く疲労の気配も無く、平然としているのだ。

流石は大聖女であり、年季の違いだという事か。

アデルとしては、気の術法の扱いにおいては世界に並ぶ者はいないと自負しているが、聖女としての能力だけで見ると、まだまだだ。

ユーフィニア姫の莫大《ばくだい》な広範《こうはん》囲《い》の聖域や、大聖女テオドラのこの持久力には及ぶべくもないだろう。

高位神獣のケルベロスと盟約し使いこなすだけでも、凄《すご》いと言えば凄いのだろうが。

「いえ、テオドラ殿《どの》。問題はありません」

「そうですか？　くれぐれもご無理はなさらぬよう。この度のお務めの本番は、未開領域に到達《とうたつ》してからなのですからね」

温和な大聖女テオドラの表情を見つつ、アデルはふと閃《ひらめ》く。

今この状況《じようきよう》――

ユーフィニア姫とメルルは、未開領域の手前まで先行して偵察《ていさつ》すると言い、ペガサスに乗って飛び立って行ったばかりだ。

ケルベロスに乗っているのはアデルとマッシュ。そして目の前には大聖女テオドラ。

ならば話をしておくのは今か。

「テオドラ殿……！　実は、内密に伺《うかが》いたい事が御座います。よろしいでしょうか？」

「？　ええ、構いませんが。そちらに参りましょうか？」

「ええ、お願いいたします」

アデルがそう応じると、大聖女テオドラは神獣の手に乗って、ケルベロスの背に降りて来る。高齢《こうれい》だが、それをあまり感じさせない動きだ。

「マッシュ。ナヴァラの移動式コロシアムの事をテオドラ殿に尋ねてみるぞ。姫様達《ひめさまたち》が出ておられる今の内だ」

「ああ、そうだな……いい機会だと俺《おれ》も思うよ」

アデルとマッシュはそう言って頷《うなず》き合う。

「それで、私に尋ねたい事とは……？」

「は。実は……私とこのマッシュは、つい最近までナヴァラの移動式コロシアムに囚《とら》われていたのです」

「えぇっ……!?」

アデルがナヴァラの移動式コロシアムの名を出すと、大聖女テオドラの顔色が変わる。

「私のこの顔が何よりの証拠《しょうこ》です。これは、ナヴァフ枢機卿《すうききょう》の人体実験の結果です」

マッシュがそう大聖女テオドラに向けて言う。

「……そうですね。あなたのその状態は……そのような事が行われるとすれば、あそこしかないのかも知れません……」

とても申し訳なさそうな表情。

マッシュの目をまともに見ることが出来ず、伏《ふ》し目《め》がちになっている。

「あそこを脱出《だっしゅつ》し、今は幸運にもユーフィニア姫様のもとに召《め》し抱《かか》えて頂いておりますが……ナヴァラ枢機卿は聖塔教団に所属している者でしょう?」

「あそこに戦の大聖女エルシエルが出入りしているのも、私とアデルはこの目で確認《かくにん》しております」

「エルシエル殿が……!? そうですか、それで中央聖塔から溢《あふ》れる瘴気を吸い取って力にするなどと言う真似《まね》を……ナヴァラ枢機卿のもとで、魔物の組織を自らの身に組《く》み込《こ》んだのですね。それを媒介《ばいかい》にしてあのような……」

「以前は姫様がおられる前でしたゆえ、お伝えする事は出来ませんでしたが……」

「ええ、そうですね。当然のお心遣《こころづか》いでしょう、ユーフィニア姫様の健やかなる心身の成長を第一にお考えであれば……姫様にはまだお早い話でしょう」

アデルの言葉を、大聖女テオドラは頷いて肯定《こうてい》する。

「テオドラ殿。お教え下さい、ナヴァラ枢機卿とは何者です？　何故聖塔教団は、あのような存在を放置なさっておられます？　テオドラ殿も、あの移動式コロシアムの存在をお認めになっておられるのですか？」

「いえ、決してそのような……！　ですが、同罪と捉《とら》えられても仕方がありませんね……あれとナヴァラ枢機卿は、教皇庁の直属……私とて移動式コロシアムを訪《おとず》れたのは若い頃《ころ》に一度きり……何が行われているか、薄々《うすうす》は感じておりましたが、自らの務めにかまけて、そこから目を逸《そ》らしておりました……恥ずべき事です。申し訳ありません」

大聖女テオドラは、アデルとマッシュに向けて深々と頭を下げて見せる。

「テオドラ殿、頭をお上げください、そこまでせずとも……」

「そうです、テオドラ殿に責任を問おうとは思っておりません」

これにはアデルもマッシュも少々慌《あわ》てた。

大聖女にそんな事をさせては、クレアが見ていたら怒《おこ》るだろう。

「しかし教皇庁というのは……？　私は初耳です。アルダーフォートにはそのような場所が？」

「いいえ、確かに入り口はアルダーフォートに存在しますが、そこは人の世界とも神獣の世界ともつかぬ場……新たに聖女になられる皆様《みなさま》を我々大聖女が認定させて頂くように、新たに大聖女になる者を教皇庁が認定するのです」

「なるほど……そのような場が――」

では時を遡《さかのぼ》る前のあの大戦の時、教皇庁は何をしていたのだろう？

中央聖塔が崩壊して指揮系統が失われ、各国の駐留聖女達も大混乱に陥ると、独自の判断での行動を余儀《よぎ》無《な》くされていたはずだが。

あの時は、狂皇トリスタン率いる北国同盟が聖塔教団の総本山であるアルダーフォートを制圧したはずだ。その際に教皇庁まで攻め滅《せ》ぼしてしまったのだろうか。

あの時の聖女達の統制の無さを考えると、その可能性は高いだろう。

「テオドラ殿。もし聖女でもあるアデルや我々護衛騎士があのコロシアムを破壊《はかい》しましたら、聖塔教団の大逆人として咎めを受ける事になりましょうか？」

そのマッシュの質問は、大事な所を突《つ》いているだろう。

アデル達は、既にあれの脚部《きゃくぶ》を斬《き》り飛ばし湖に沈《しず》めるという破壊行為《はかいこうい》を行ってきた。

それが罪になるのかならないのか、探《さぐ》っておく必要はある。

「……分かりません。ですが私としては、あなた方がそのつもりであれば止める事は出来ません。もし問題になれば、擁護《ようご》いたします。その時は私の名を出して下さい」

大聖女テオドラの言質《げんち》を取った。

アデルとマッシュは顔を見合わせて、にやりと微笑み合う。

「？　どうなさいました？」

「いえ、実は……既に少々、破壊して参りましたので……なあアデル？」

「ええ。脚部を破壊し、重心を狂《くる》わせまして湖に沈めて参りました」

「まあ……！　私にかまをかけましたね、お二人とも……！」

大聖女テオドラが目を丸くする。

「ですがふふふっ……そうですか、何とも頼もしい事です。それでこそユーフィニア姫様《ひめさま》の護衛騎士に相応しいと言えましょう。あの方は私の長い人生で目にした聖女達の中でも、最高の才能を持っておいでです。それを育み伸《の》ばして行くためには、あなた方《がた》の存在は不可欠でしょう」

「テオドラ殿……！　流石《さすが》お目が高い！　姫様の才能は天にも届かんばかりにずば抜けておられます……！」

アデルはキラキラと顔を輝かせてそう言った。

聖塔教団と教皇庁に疑問は残るが、大聖女テオドラに関しては信用できる。

今初めて、そう思った。

「ふふふ、そうですね……私も羨《うらや》ましくなってしまう程《ほど》です」

「そうでしょうそうでしょう……！」

うんうんと何度も頷くアデル。

「テオドラ殿、テオドラ殿から見て、アデルはどうなのでしょう？　ご見解を伺っておきたく……」

「マッシュ。何を言っている。私などが姫様の足元にも及ぶはずがないだろう。比べるような真似は不敬だぞ」

「いや、アデルのあの……ケルベロスと一つになるアレは、テオドラ殿の目から見てどうなのか気になるんだ」

「アレではない。『神獣憑依法《しんじゅうひょうい》』だ」

「ああ、その『神獣憑依法』だ。テオドラ殿、如何《いかが》でしょうか？　何か危険な兆候があったりはしませんか？」

テオドラはマッシュに問われると、にっこりと笑《え》みを浮《う》かべた。

「全く分かりません。ですので、私には評価が出来ません。ユーフィニア姫様と比べる事も……」

「そうですか……ならば仕方がありません」

「であれば、姫様は私など遥《はる》かに上回る才能をお持ちだという事でよろしいですね⁉」

「ははは、そうですね……アデルさんがそうお思いになりたいのならば」

　大聖女テオドラがそう苦笑《くしょう》する。

「お……アデル、姫様がお戻《もど》りになったぞ」

　進行方向から、ユーフィニア姫とメルルを乗せたペガサスが戻って来る。

　その速度は、かなりのもの。全速力に近い程の速さだった。

　急いで戻って来たのだろう。となれば何かがあったのだろうか？

「アデル……！　テオドラ様……！」

　ペガサスの背のユーフィニア姫が、慌てた様子でこちらの名を呼ぶ。

「姫様……！　何か異変がございましたか……！」

「それが……異変ではありませんが、未開領域の手前にマルカ共和国の方々がいらっしゃいます……！」

◆◇◆

　それはある意味で領土の侵犯《しんぱん》なのだが、ユーフィニア姫は非常に丁寧な表現で伝えてくれた。

「す、済みませえええぇぇぇぇん……っ！　未開領域への突入《とつにゅう》に適した地形を探して迂回《うかい》しているうちにぃ、ウェンディール領に差し掛かってしまったようなんですぅぅぅ！　ごめんなさいごめんさいごめんなさいごめんなさいぃぃぃっ！」

マルカ共和国からやってきた部隊を率いていたらしい女性が、涙目《なみだめ》でユーフィニア姫と大聖女テオドラの前で土下座をしていた。

　これだけの部隊を率いる騎士にしては若く、二十歳《はたち》前後だろうか。

温和そうな美しい顔立ちに、艶《つや》のある長い黒髪《くろかみ》が印象的だった。

涙目でこんなに綺麗に土下座されては、なかなかに責め辛い。

「せめて未開領域の制圧が終わるまでは、打ち首はご容赦《ようしゃ》願いますぅぅぅっ！　マルカ共和国の領民の被害《ひがい》も無視できませんのでぇぇぇぇっ！」

「そ、そのような事は致《いた》しません……！　どうかお顔を上げて下さい……」

『いいやこんなのは打ち首にしとけ！　ロクなもんじゃねえぞ！　性悪股《また》ユルクソビッチだぞ……！』

「黙《だま》れ。姫様のお耳に不快な音を入れるな」

外野から話の腰《こし》を折ろうとするペガサスの口を、鞭状《むちじょう》の火蜥蜴の尾《サラマンダーテイル》で縛《しば》り上げる。

「アデル……俺は外している。彼女《かのじょ》には俺の素性《すじょう》は伏せておいてくれ」

マッシュがアデルの横から、そっと告げて来た。

「……どうした？　ひょっとして知り合いか？」

アデルも声を潜《ひそ》めて応じる。

マッシュの今の状態を知り合いが見れば、それは驚《おどろ》くだろう。

何せ獅子《しし》の魔物の顔だ。声を聴《き》かなければ、本人とは分からないに違《ちが》いない。

「ああ……姉だ」

「何……!?　それは名乗り出た方がいいのではないか……？」

「いいんだ。余計な心配はかけたくない。姫様やメルルには誤魔化《ごまか》しておいてくれ」

マッシュはそう言うと、深くフードを被《かぶ》ったまま、その場を離《はな》れて行く。

「お、お許しいただけるんですかぁ!?　ありがとうございます、ありがとうございます、ありがとうございますぅぅぅぅぅっ！」

物凄《ものすご》く大げさに涙を浮かべながら、マッシュの姉は何度も何度も頭を下げていた。

「ははは……」

苦笑いするユーフィニア姫だったが、その横からウェンディール王国の部隊を預かるベルゼン騎士団長が口を出す。

「ですが姫様、何も無しに無罪放免《ほうめん》と言うのもそれはそれで問題がございますぞ……？

我が国の領土は侵犯してよいとの前例を作る事になります」

「そ、それは……そうですが……ですがそのような事に拘《こだわ》っている場合では……」

と、ユーフィニア姫はちらりとアデルとメルルの方を見る。

助け船を欲《ほ》しがっている様子である。

時を遡る前と違い、今のユーフィニア姫はまだ十歳《さい》。

こういう時に怯《ひる》んでしまうのは、仕方のない事だろう。

「では王都に伝令を出し、報告なさってはいかがでしょう？　沙汰《さた》を待つ間、未開領域への対処は予定通り進めれば滞《とどこお》りはありません」

この場での話は棚上《たなあ》げし、国王に任せてしまう。

そしてこちらは本来の目的を果たす、という事だ。

「アデルさんの仰る事もご尤《もっと》も。我々の為《な》すべきことを滞らせるべきではありませんね」

聞いていた大聖女テオドラも、頷いていた。

「そ、それは良いですね……！　ベルゼン騎士団長、それで如何でしょう？」

「は……！　姫様の思《おぼ》し召《め》しに従います！」

ベルゼン騎士団長もこれには頷き、従う様子だった。

「ありがとうございます……！　では、そう致しましょう。アデル、ありがとうございました」

嬉しそうに微笑んでくれるその笑顔《えがお》が、アデルにとっては何よりのご褒美《ほうび》だった。

「勿体ないお言葉……！　光栄に御座います……！」

鼻高々のアデルに、がしっ！　と抱《だ》き着いてくる人物が。

「ありがとうございますありがとうございます！　おかげで即《そく》打ち首にはならなくて済みそうですぅぅぅっ！」

マルカ共和国の部隊の指揮官――マッシュの姉だった。

油断があったとはいえ、鍛《きた》えに鍛えているアデルが避けられないとは、なかなかの手練《てだ》れかも知れない。

「わっ……!?　い、いきなり抱き着かないで頂けるか……!?」

この女性はアデルの事を少女としか思っていないのだろうが、若い美人にいきなり抱き着かれて胸を押し当てられて、動揺《どうよう》しない男はいない。

先日メルルと一緒に入浴した時もそうだが、相手にはこちらの男性の意識が全く伝わらない分、とても悪い事をしている気がするのだ。

あれ以来メルルは良くアデルをお風呂《ふろ》に誘《さそ》って来るが、毎回目のやり場に困る。

かと言って断ろうとすると悲しそうな顔をされるので、断るに断れない。

その環境《かんきょう》を楽しめるほど自分は開き直っておらず、最近の秘《ひそ》かな悩《なや》みである。

「すいませんすいません！　未開領域内の戦いでわたしが死ねば、死人に口無し万事《ばんじ》解決ですよね……!?　お国のために立派に散って見せますから……！」

「な、何を言っておられる……!?」

よく分からない性格をした人物だ。

もしかしてマッシュが対面を避けたのは、相手するのが面倒《めんどう》くさかったからだろうか。

「め、滅多な事を言ってはいけませんよ……？　わたくしも全力を尽くしますので、誰一人《だれひと》欠《り》ける事なく未開領域を封《ふう》じましょう……！」

「あ、ありがとうございますぅぅっ！　ユーフィニア姫様……！　あ、申《もう》し遅《おく》れましたわたしはマルカ共和国軍銀獅子師団副長、アンジェラ・オーグストと申します……！」

「オーグスト……？」

聡明《そうめい》なユーフィニア姫はすぐにそれに気が付いて、きょとんとする。

「どうかなさいましたかぁ？」

アンジェラの方もきょとんとしている。

そう言う様子を見ると悪い人物には見えなさそうだが――

マルカ共和国と言えば、狂皇《きょうこう》トリスタンのトーラスト帝国《ていこく》と北国同盟を形成し、大戦を引き起こした敵国だ。アデルにとっての印象は、正直言ってよろしくない。

マッシュには悪いが、アンジェラはその国の軍の要職にある人物。

警戒《けいかい》は怠《おこた》れないだろう。

「あ、いえ……」

「姫様。それよりも話はついたのですから、早く突入いたしましょう……！　夜になってしまうと厄介《やっかい》です」

アデルがそう進言をすると、アンジェラのほうがぽんと手を打った。

「あ、そうだ……！　斥候《せっこう》の報告によると、トーラスト帝国の部隊が、わたし達よりも早く未開領域に突入したみたいなんですよお……！　中の様子は分かりませんが、早く行ってあげた方があちらも助かるかも知れません……！」

「まあ、トーラスト帝国の方々も……!?」

「動きが早いですね。こちらも急いだはずなのですが……」

そう言ってアデルは唸《うな》る。

未開領域はあくまでウェンディール領の聖塔を中心に発生しているのだが。

当事国の自分達が他二国に後《おく》れを取ってしまうのは、少々頂けない。

「では、すぐに参りましょう……！」

「『ははっ！』」

アデル達ウェンディール王国の臣下が、一斉《いっせい》に頭を垂れる。

「もっちろんわたし達マルカ共和国軍もお供致します！　がんばりましょうね、お～！」

アンジェラが緊張感《きんちょう》のない号令をかける。

そちらの部隊の兵士達は、戸惑《とまど》いながらも、おーと返事を返していた。

「……」

やはりマッシュは、面倒くさいからアンジェフを避《さ》けたような気がしてならなかった。

ともあれ直後、アデル達は未開領域への突入を開始した。

◆◇◆

アデル達とアンジェラ率いるマルカ共和国の合同部隊は、第七番聖塔へと向かって未開領域を進んで行く。

現場は鬱蒼《うっそう》とした森の中に通された林道で、ウェンディール領内側から奥《おく》に続いていたものだ。アンジェラの部隊が突入口を探して迂回したと言うのも、頷けなくはない地形である。

この奥に古い時代の廃城《はいじょう》があり、そこに第七番聖塔が配置されているそうだ。

廃城ではあるが、城壁《じょうへき》が風雨から聖塔を守り、より長持ちするという事らしい。

その廃城自体は、まだ世界が四大国時代として安定する前、トーラスト帝国によって滅《ほろ》ぼされた国のもののようだ。

「うわあぁ〜。すごいですねえ、こんなのはじめてです……！」

「し、信じられない……！　桁違《けたちが》いだ……！　範囲《はんい》も、何もかも……！」

「こ、こんな聖域は初めてだ……！　いつもより何倍も力が高まるみたいだ……！」

マルカ共和国の部隊と、大聖女テオドラの配下の聖塔教団の兵達から、そう歓声《かんせい》が上がっていた。

何がと言うと、ユーフィニア姫が展開する聖域についての話である。

未開領域全体を包んでしまう程の異様な広範囲に、万能《オールマイティ》属性の神滓《アニマ》。

どちらも驚愕《きょうがく》すべきものだ。

アデルの聖域はもっと遥かに狭《せま》く、この人数の部隊全員を覆う事は難しい。

神滓《アニマ》の属性も神獣ケルベロスに見合った炎《ほのお》のもの。

つまりそれを利用するマッシュやメルル達は、炎の術法しか使えない。

ユーフィニア姫の万能《オールマイティ》属性の聖域であれば、どんな術法にも利用できる。

各員それぞれが、自分の最も得意な術法で戦うことが出来る、というわけだ。

効果範囲、利便性。どちらもアデルの完敗である。

とは言えアデル自体も、大聖女テオドラに見込《みこ》まれるほど聖女としての能力は高いのである。如何《いか》にユーフィニア姫がずば抜《ぬ》けているか、という事だ。

「ははは。そうだろうそうだろう」

ケルベロスの背に乗るアデルは、周囲の様子を見て満足そうにうんうんと頷く。

「アデルって自分を誉《ほ》められても喜ばないのに、姫様の事はやたら喜ぶよね……さすが筋金入りの姫様ファン……」

そんなアデルの様子を見て、メルルが呟《つぶや》いていた。

メルルはケルベロスの背には乗らず、周りに展開して魔物《まもの》の出現に備えていた。

大聖女テオドラの護衛騎士であるリュートとミュウも、その近くにいる。

「アデル様も、負けてはおられないと思いますが……」

「あははっ。ミュウは先日の一件以来、すっかりアデル様のファンだものな」

リュートがミュウの様子を見て微笑《ほほえ》んでいた。

「ご、ご本人の前で変な事を言わないで下さい……！　お兄様……！」

「ふふふっ。ですが本当にお見事な聖域です。惚《ほ》れ惚《ぼ》れしてしまいますね」

大聖女テオドラもお墨付《すみつ》きを与《あた》えてくれる。

そんな誰しもが認める実力を見せつけるユーフィニア姫だが、本人は極《きわ》めて緊張した面《おも》持《も》ちで、言葉も発せず正面を見つめていた。

今はペガサスではなくケルベロスの背、アデルの目の前に座《すわ》っているのだが、背中越《ご》しに緊張感が伝わって来る。

無理もない。

如何にずば抜けた力を持とうとも、ユーフィニア姫は最年少で聖女になったばかりだ。

未開領域の討伐《とうばつ》に出向くのも初めてであり、聖女としての責任感と重圧をひしひしと感じているのだろう。

「姫様、姫様……」

少しでも気を楽にしてもらおうと、アデルはユーフィニア姫の背中に声をかける。

しかし返事がない。

アデルの言葉が耳に入らないくらい、緊張している様子だ。

「…………」

仕方が無いので、畏《おそ》れ多いがユーフィニア姫の肩にトントンと触《ふ》れる。

「……!? あ、はい……!」

むぎゅっ！

ユーフィニア姫が慌てて勢いよく振《ふ》り向いた結果、アデルの大きな胸に顔が埋《う》もれてしまう。

「……っ！」

「す、済みません、アデル……！」

「い、いえ姫様……こちらこそ驚かせてしまい申し訳ございません」

『いいないいないいな～！　なあユーフィニア！　そこ代わってくれよ！　俺もアデルちゃんのオッパイにダイブしてぇんだが⁉』

「貴様は地獄《じごく》にでも落ちていろ……！」

火蜥蜴の尾《サラマンダーテイル》をペガサスの首に巻きつけ、引き摺《ず》って地面に叩《たた》きつける。

『ごあああぁぁぁ……っ⁉』

付近の森の草木に触れて、ガサガサと煩《うるさ》い事この上ないが、あの下品な発言が聞こえないのはいいかも知れない。

「あ、あはは……」

「やれやれ……それよりも姫様。ここにいる皆《みな》、姫様を頼《たよ》りにしているのは確かですが、姫様お一人に全てを押《お》し付けるわけでは御座《ござ》いません。何かあれば私も必ずお支え致します。どうかご安心を……」

「アデル……はい、ありがとうございます」

ユーフィニア姫《ひめ》の表情が、少し和《やわ》らいだように見える。

「あの……よろしければまた、手を握《にぎ》っていて頂けますか……？　アデルとそうしていると、とても落ち着くんです」

「は……！　失礼いたします」

アデルはそっと、小さなユーフィニア姫の手を取った。

少し震《ふる》えているだろうか？

だがそれは、ユーフィニア姫が生きている証。目の前にいてくれる証だ。

必ず守って見せる――強くそう思える。

「……！　魔物だ！　出現したぞ！」

「数が多いな……！」

「大丈夫《だいじょうぶ》だ！　こちらのこの聖域なら……！」

「は～い皆さん！　一斉に術法攻撃《こうげき》行きますよおぉぉ～！」

「「おおおおぉっ！」」

『ぎゃあああぁぁぁぁぁっ!?　俺も巻き込んでる！　巻き込んでるっつーのこの馬鹿共が

ああああぁぁぁっ！』

「……やれやれ」

高位神獣であり、ユーフィニア姫の莫大な聖域の範囲と万能属性《オールマイティ》の神滓《アニマ》への影響《えいきょう》も少なからずあるのだろうが、それを差し引いても何故《なぜ》こんな下品な輩《やから》の存在が許されているのか疑問である。

まだアデル達の連れて来た部下達の方が人格的にまともだろう。

クレアは暫《しばら》くの我慢《がまん》だと言っていたが、アデルとしては早く後釜《あとがま》の神獣を見つけて、このペガサスは追放して頂きたいと思わざるを得ない。

誰か代わりになってくれる神獣はいないだろうか？

時を遡る前のユーフィニア姫はペガサスだけでなく他の神獣とも盟約していたが、早く来て欲しいものだ。

ともあれ討伐隊は、順調に目標である廃城に近づいて行った。

異変を感じたのは――細く見通しの悪い林道を抜けた時だった。

第七番聖塔のある廃城の手前、開けた広い場所に出た瞬間《しゅんかん》、血の匂《にお》いがするのを感じた。

更《さら》に、城壁の向こうから聞こえる激しい剣戟《けんげき》の音もする。

「む……⁉」

「アデル……！　戦いが……!?」

「ええ、そのようです……！」

血の匂いがするという事は、少なからず犠牲者《ぎせいしゃ》が出ているという事。

剣戟の音がするという事は、先行したトーラストの部隊が全滅《ぜんめつ》はしていないという事。

救援《きゅうえん》なら、急いだ方がいいかも知れない。

「「「うわあああああぁぁぁっ!?」」」

「「「退避《たいひ》……！　退避だ……！」」」

崩《くず》れかけた城門から、駆《か》け出して来る騎士達《きしたち》がいた。

装束《しょうぞく》にはトーラスト帝国の紋章《もんしょう》が描《えが》かれているが、負傷者もかなりいるようで、何とか支え合って逃《に》げ出して来た、と言う様子だ。

「ど、どうしたの……!?　何があったんですか……!?」

部隊の先頭を進んでいたメルルが、逃げて来るトーラストの兵士達に声をかける。

「お、おお……！　君達は……!?」

「ウェンディールとマルカの合同部隊！　目的はそちらと同じだと思います、未開領域の鎮圧《ちんあつ》……！」

「おお……そうか！　お、奥の崩れた聖塔の近くでまだ味方が戦っているんだ……！　ど、どうか救援を……！」

「まだ殿下《でんか》が……！　トリスタン殿下が……ッ！」

「えぇぇぇぇ～～⁉　トリスタン皇子殿下が自らお出ましなんですかぁぁあっ⁉　ま、まずいです……！　わ、わたし達が突入前に迂回してもたもたしていた事が知れたら、隣国《りんごく》の皇太子を見捨てた大失態と言われて……クビ……⁉　社会的な死か物理的な死ですかぁ……⁉　あわわわわ……！」

露骨《ろこつ》に慌て始めるアンジェラ。

まあ迂回先を探してウェンディールの領土を侵犯した上、そのために時間を食い過ぎて隣国の皇族を見殺しにしたとなれば――

罪を問われる事は無いまでも、無能の烙印《らくいん》を押される可能性はあるかも知れない。

「ほう……！」

アデルは秘かににやりとする。

アンジェラのその失態は、ひょっとしたらアデルにとっての僥倖《ぎょうこう》かも知れないからだ。

何せ相手はトーラスト帝国の未来の皇帝《こうてい》トリスタンだ。

時を遡る前の世界では、ユーフィニア姫の婚約者《こんやくしゃ》でありながら、北国同盟を率いて大戦を引き起こし、ウェンディール王国を滅ぼした狂皇である。

エルシエルも必ず倒《たお》しておくべき怨敵《おんてき》だったが、トリスタンはそれ以上だ。

結局はエルシエル亡《な》き後もトリスタンをアデルが討《う》ち取るまで大戦は終わらず、敵の総大将だった存在なのだ。

それだけでなく、トリスタンの率いる軍の振《ふ》る舞《ま》いはとにかく凶悪《きょうあく》だった。

攻め落とした城や街に対する虐殺《ぎゃくさつ》や略奪《りゃくだつ》は当たり前、そこを立ち去る際は必ず火を放って、焼け野原にして行った。

領土的に支配したいと言うのであれば、自分の支配する人も街も滅ぼしてしまうと言う悪手であり、本末転倒《ほんまつてんとう》だ。

だが、トリスタンはそれを断行した。

更には時を遡る前には義理の父になる予定だったウェンディール王を無実の罪で処刑《しょけい》し、大々的に晒《さら》し首《くび》とした。

それにも飽《あ》き足らず敵対する南邦連盟の王国貴族や、人々の信仰《しんこう》の拠《よ》り所《どころ》である大聖女まで処刑して晒し首にしており、それらの所業には身分の上下も老若男女《ろうにゃくなんにょ》も関わりなく、世界中の人々が恐怖《きょうふ》におののいた。

その理解不能な、まるで人類そのものを滅ぼそうとする魔物のような所業をして、人々は彼《かれ》を狂える皇帝――狂皇と呼んだ。

アデルがトリスタンを撃破《げきは》した後、周囲の配下達《たち》に討ち取られずに生きて帰れたのも、その後すぐに北国同盟が降伏《こうふく》をして大戦が終結したのも、トリスタンが味方からも恐《おそ》れられていたからだろうと思う。敵もトリスタンが討ち取られて、ほっとしていたのだ。

そんな凶行《きょうこう》の主が、ここで消えてくれるなら――

ユーフィニア姫の未来は一気に開ける事になるだろう。

となれば戦いの決着がつくまで、ゆっくりと進んで来ればよかったか。

先にトリスタンが来ているなど、知る由も無かったので致《いた》し方《かた》ないことだが。

「すぐに城内に向かいましょう、アデル！」

「は……ははっ……！　し、しかし怪我人《けがにん》もおりますしここは慎重《しんちょう》に様子を……」

いくらユーフィニア姫の命令とは言え、これには少々、いや全く気が乗らない。

放置してトリスタンが亡き者になれば、エルシエル以上に万々歳《ばんばんざい》。

今度こそユーフィニア姫に幸せな一生を送ってもらうという目標は、かなり具体的なものになるに違いない。

「いいえ、一刻も早く向かわねば……！　放ってはおけません！　プリンさん、行って下さい……！」

ユーフィニア姫がケルベロスの本当の名を呼んで、直接促《うなが》す。

その凛《りん》とした様子は、まだ幼いが王族としての気品に溢れ、思わず頭《こうべ》を垂れて従いたくなってしまう魅力《みりょく》がある。

『我をその名で呼ぶな……っ！　いいのだな？　アデルよ⁉』

「あ、ああ……！　行ってくれ！」

見に行くだけならば、構わないだろう。

あくまで見るだけだ。ユーフィニア姫の命令には逆らえない。

「では全員で……！」

「いいえ、ユーフィニア姫様ぁ！　あれを見て下さぁぁい！」

アンジェラが指差したのは、後方だ。

いつの間にかこちらの退路を塞《ふさ》ぐように、大量の魔物が森の中から出現していた。

「す、凄《すご》い数だ……！　姫様……！　後方を疎《おろそ》かにして突入は出来ませんぞ……！」

ベルゼン騎士団長《きしだん》が声を上げる。

「わ、わたし達マルカ軍があれを食い止めますっ！　負傷者の収容も……！　そちらは突入して聖塔《せいとう》の修復を……！　そうすれば魔物もいなくなるはずですから……！」

アンジェラがそう提案する。

「そう致しましょう、ユーフィニア姫様……！　聖塔修復は私達の手で……！」

「はい、テオドラ様……！」

「ようしウェンディール軍！　城内に突撃《とつげき》！」

「リュート、ミュウ！　あなた達も……！」

「「はい、お祖母様《ばあさま》っ！」」

ベルゼン騎士団長と大聖女テオドラが、それぞれ号令を下す。

ここでアンジェラ達マルカ共和国の部隊と二手に分かれ、アデル達は正面の古城へと侵《しん》入《にゅう》した。

崩れかけた城門に、こちらの味方と逃げて来るトーラスト帝国兵が殺到《さっとう》し、人だかりとなって行く。

『邪魔《じゃま》な事だ……！　付き合っていられん、アデル、我はあちらから行くぞ……！』

ケルベロスは門をくぐらず城壁を駆け上がって侵入するつもりのようだ。

確かに、その方が早そうである。

「メルル！　マッシュ！　ケルベロスに乗ってくれ！」

アデルはメルルとマッシュを呼ぶ。

「うん……！　分かった！」

「大丈夫だアデル、行ってくれ！」

二人がいれば自分とケルベロスの戦力も合わせて、部隊から突出《とっしゅつ》してもそうそう問題は起きないだろう。

『では行くぞ……！』

ケルベロスは俊敏《しゅんびん》な身のこなしで、見上げるほど高い城壁をいとも簡単に駆け上がって行く。

城壁の一番上に登ると、城の敷地内《しきちない》の様子も一望できる。

城門を抜けるとすぐに城の建屋の中に通路が繋《つな》がっており、城の内部を通って聖塔のもとへ進む事になるようだ。

「あれが第七番聖塔ですね……！」

ユーフィニア姫が指を差す。

聖塔は城の建屋の裏側、恐らくは中庭に建っているのが、建物越しに見える。

「ええ姫様……上が折れているように見えますが……！」

ただし、途中《とちゅう》で折れてしまっているらしく、一番上は崩れ落ちたようになっている。

「はい。早く修復を行わなければ、戦っている皆様《みなさま》が……！」

「城壁を伝って、聖塔の場所に回り込《こ》んでくれ！　その方が早い！」

『いいだろう……！』

ケルベロスが、城壁の上を猛然《もうぜん》と駆けて行く。風を切る音と風圧を感じる程の速度だ。

だが、速いのは結構だがその分揺《ゆ》れる。

アデルは勿論《もちろん》の事、メルルやマッシュは問題ない。鍛え方が違う。

しかしユーフィニア姫は落ちてしまいかねないため、そこはアデルがしっかりと抱きかかえておく。

自分の不必要に大きな胸が、ユーフィニア姫の頭部を保護するクッションとしては丁度よく思える。となればこれはこれで良かったという事だ。

少しでもユーフィニア姫のためになるのなら。

ケルベロスが聖塔に近づいて行く程に、響《ひび》いてくる剣戟の音も大きく、迫力《はくりょく》を増して行く。

そして、聖塔の真下の光景が目に入ってきた時――

ドガアアアァァァンッ！

轟音《ごうおん》が響き、もうもうと煙《けむり》と埃《ほこり》が巻き上がる。

埃まみれの古い城壁が、何かの威力《いりょく》で崩れたからだろうか。

分からないが、下の様子が見えない程だ。

だが、声だけは聞こえて来る。

「「「あああぁぁぁっ⁉」」」

「「「トリスタン殿下っ⁉」」」

それを察するに、狂皇トリスタンが討たれたのだろうか？

だとすれば――アデルにとっては都合がいい。

「ふふっ……」

秘かに笑みを浮かべるアデルだった。

願わくば、今の爆発《ばくはつ》で絶命していてくれ、と思う。

だが――

「う、狼狽《うろた》えるな……！　私は無事だ……！」

姿は見えないが、聞いた事のある声がした。

アデルの知る青年の声とは違い、まだ少年に近い初々《ういうい》しさだが。

年齢的《ねんれいてき》にアデルやメルルとそう変わらないだろう。

「わ、私に構うな……！　早く負傷兵を運び出せ……！　この誰《だれ》のものとも知れない巨大《きょだい》な聖域が、いつ消えてしまうか分からないんだぞ……！」

トーラスト帝国の狂皇トリスタン。

今はまだ、国を継《つ》ぐ前の皇太子の立場のようだが。

「ち……」

声が聞こえるという事は、生きているという事。

少々駆けつけて来るのが早かったかも知れない。

残念がるアデルだが、その表情はすぐに一変する。

「何……ッ⁉　あれは……⁉」

煙と埃が晴れて来て、聖塔の周囲の様子が見えて来たのだ。

だが驚いたのは、崩れた外壁《がいへき》の手前で蹲《うずくま》る栗色《くりいろ》の髪《かみ》の美しい少年が、頭から血を流し、かなりの負傷を負っていそうに見えるからではない。

問題は――その少年、狂皇トリスタンを追い詰《つ》めていたであろう存在だ。

漆黒《しっこく》に輝《かがや》く全身鎧《ぜんしんよろい》に身を包み、中の人物の顔は見えないが――

その鎧そのものに、アデルとしては覚えがある。あり過ぎる。

「あれは、私の……っ⁉」

時を遡《さかのぼ》る前、剣聖《けんせい》と呼ばれたアデルが纏《まと》っていた、黒い鎧の術具だ。

あの時は盲目《もうもく》であったため、見た目での判断は出来ないが、感じ取れる力の雰囲気《ふんいき》は間《ま》違《ちが》いない。慣れ親しんだ、自分の鎧のものだ。

何故あれがここにある？　誰があれを使っている？

そして何故、明らかに目に見えて強力な瘴気《しょうき》を纏っている？

まるで先日見た、中央聖塔の瘴気を吸い出したエルシエルのようだ。

そしてその黒い鎧の騎士《きし》は、手に携《たずさ》えた剣《けん》を構え、傷ついた狂皇トリスタンへと突進《とっしん》を始めようとしていた。

「あ、あれがトーラスト帝国のトリスタン皇太子か……⁉」

「ま、まずいです姫様《ひめさま》……！　あれは……っ！」

マッシュとメルルがその光景を見て焦《あせ》り始める。

「な、何とかお助けして下さい……！」

「はいっ！」

「承知しましたっ！」

ケルベロスの背から飛び降りると、メルルとマッシュはトリスタンと黒騎士の間に割《わ》り込もうと動き出す。

直後、それを察したのか剣聖アデル愛用の術具を纏った騎士も動き出す。

狂皇トリスタンに止《とど》めを刺《さ》すつもりだろう。

メルルとマッシュは間に合うかもしれないが――

「……っ！」

一歩遅れて、アデルも動き出す。

あれは危険だ。迂闊《うかつ》に飛び込んではメルルとマッシュといえども――

狂皇トリスタンが亡き者になるのは結構だが、そのためにメルルとマッシュを犠牲《ぎせい》にするのは違う。

もしそうなった時はユーフィニア姫の悲しみも計り知れない。

ならば、自分も動かざるを得まい……！

「姫様を頼《たの》むぞ……！　はぁっ！」

アデルはそう言い残すと、ケルベロスの背を蹴《け》り身を躍《おど》らせる。

蹴り足の力は、『錬気収束法』で一点強化。

先に飛び降りたメルルとマッシュより遥《はる》かに速く、遠くへ飛び出した。

空中で火蜥蜴《サラマンダーテイル》の尾を細く伸《の》ばし、トリスタンの身に巻き付ける。

そして伸ばした炎の鞭《むち》を即座《そくざ》に縮め、トリスタンの身を確保した。

そのまま空中でトリスタンの体を抱《かか》え、黒い騎士の後方へと着地する。

トリスタンを討とうとしていた相手は目標を見失い、途中で止まらざるを得なくなっていた。

「アデル……！　速いな、流石《さすが》だ……！」

「先を越《こ》されちゃったわね……！」

だがメルルとマッシュは、トリスタンの元居た場所の近くに降りている。

位置的に黒い鎧の敵を挟撃《きょうげき》するような形になっている。

「うう……わ、私を助けて下さるのですか……⁉　あ、あなたは……？」

「アデル・アスタール。我が主ユーフィニア姫様の思《おぼ》し召《め》しに御座います」

多少ぶっきらぼうになるのは仕方がないだろう。

何せ時を遡る前は、大戦の当事者であり、アデルにとって最大最後の敵だった人間なのだ。状況的《じょうきょうてき》に仕方なく助けはしたが、間違いなく本意ではない。

「ユーフィニア姫様……ウェンディール王国の……？」

「は……左様にございます」

「そ、そうですか……そちらも未開領域の討伐にいらしたのですね……お、お願いします、傷ついた部下達を……」

負傷した部下達を気遣《きづか》う姿勢を見せるトリスタン。

世界を大戦の戦火に包んだ狂皇にしては、意外な台詞《せりふ》だ。

黒い鎧の騎士と戦っていたであろう状況《じょうきょう》を見るに、部下達を撤退《てったい》させる時間を、自ら体を張って作り出そうとしていたのだろうか。

「は――承知しました」

「あ、ありがとう……」

そう言うとトリスタンは安心したのか、そのまま気を失ってしまった。

頭から血を流し、全身にもいくつも切り傷がある重傷だ。

もしかしたらこのまま……という事も十分考《かんが》え得《う》る。

ならばもう彼の事は他に任せ、目の前の黒い鎧の騎士との対峙《たいじ》を優先するべきだろう。

「で、殿下……！」

「お、おいたわしい……！　我等を逃がすために……！」

ちょうどトーラスト帝国兵が、トリスタンに駆け寄って来てくれる。

「後はお任せする……！　あの者はこちらで引き受ける……！」

愛用していた術具がユーフィニア姫の前に立ち塞がるような事態は、看過できない。

「か、かたじけない……！」

彼等に任せ、アデルは黒い鎧の騎士に歩み寄って行く。

「貴様何者だ……？　何故未開領域を討伐しようとする我々を襲《おそ》う……!?」

「…………」

しかしアデルの問いかけに、相手は応じない。

黙《だま》って剣を構え、切っ先をこちらに向けて来るのみだ。

「問答をする気はない……か。ならばその鎧、剥《は》ぎ取らせて貰《もら》うぞ……！」

それは、将来的には自分のものだ。

今のアデルには、少々大き過ぎるかも知れないが。

ダンッ！

先に地を蹴ったのは、あちらの黒い鎧の騎士だ。

「む……!?」

踏《ふ》み込みの速さが尋常《じんじょう》ではなかった。

これだけで分かる。かなりの手練《てだ》れだ。

見た所一人であり、状況的には単騎《たんき》でトリスタン率いるトーラスト帝国軍を蹂躙《じゅうりん》してしまったように見える。

まだ少年とは言え、将来の狂皇トリスタンは時を遡る前の黒い鎧の剣聖アデルでも苦戦するほどの相手だったのだ。

だがそれも凌駕《りょうが》するほどの突進だ。時を遡る前のアデルにも迫《せま》るかも知れない。

「だが……そうでなくてはな！」

この鎧を使う以上、それに見合う実力が無ければ名折れだろう。

純粋《じゅんすい》に踏み込んで真っ向から刃《やいば》を合わせれば、押し負けるのは恐らくこちらだ。

速さだけなら『錬気収束法』の一点集中で上回れるかも知れないが、突進からの斬撃《ざんげき》には速度と力と武器の強度と、全てが影響する。

純粋な気の術法による戦いにおいて、今のアデルではかつてあの鎧を纏っていた時ほどの力押しの戦法は出来ない。

その分盲目だった目が見えるようになり、精緻《せいち》な見切りや細かい技巧《ぎこう》を凝《こ》らせるようになっている。

ならば力には技で対抗《たいこう》するべき――

アデルは腰《こし》を落としてその場に留《とど》まり、相手の突進を迎撃《げいげき》する構えを取る。

そこに繰《く》り出される、高速の一閃《いっせん》。

目にも止まらぬという表現が相応《ふさわ》しい鋭《するど》さだ。

だがそれが分かるという事は、見えているという事。

『錬気収束法』を自らの眼に集中。

剣筋を見切り、一瞬《いっしゅん》を狙《ねら》いすまし――

「ここだ……！」

気の術法の力を火蜥蜴《サラマンダー》の尾《テイル》への『錬気増幅法《ぞうふく》』に一点集中。

瞬時《しゅんじ》に出現する、青い炎の輝く刃。

それを相手の剣の軌道《きどう》上に、ただ置くように構える。

必ずしも速く突進したり、強く武器を振る必要はない。

相手の勢いと剣圧を利用すれば、あとは威力を高めた青い炎の刃が――


バシュウゥンッ！


弾《はじ》けるような音を立て、黒い騎士の剣が真っ二つに折れ飛んで空を切る。

下手に真正面から打ち合うのではなく、一点集中で威力を高めた火蜥蜴《サラマンダー》の尾《テイル》の斬《き》れ味《あじ》と、相手の勢いを利用して剣を折る。

始めから火蜥蜴《サラマンダー》の尾《テイル》を構えていれば、当然相手はそこを狙っては来ない。

相手の虚《きょ》を突《つ》き、剣が引けないタイミングでこちらの炎の刃を出す必要があった。

時を遡る前の自分には出来なかった技巧である。

「………」

虚を突かれ武器を失いながら、黒い騎士は慌《あわ》てず騒《さわ》がず、一言も発する事はない。

異様な落ち着きぶりである。見上げた胆力《たんりょく》だとも言える。

だが剣が折れ飛んだ拍子《ひょうし》に体勢を崩し、片膝《かたひざ》を突いている。

放っておけばすぐに体勢を立て直してしまうだろうが、そこを見逃《みのが》すアデルではない。

「正体見せろッ！」

今度は腕力《わんりょく》を『錬気収束法』で高めつつ、火蜥蜴の尾《サラマンダーテイル》の刃で相手の兜《かぶと》を跳《は》ね上げる。

自分の愛用していた鎧を、今身に纏っている騎士が一体何者なのか、それを改めておく必要があるだろう。

未開領域の討伐を妨害《ぼうがい》するなど、不届きにも程《ほど》がある。

ガンッ！

兜が地面に落ちると、露《あらわ》になったその下は――

「何だと……!?　何もない……!?」

顔も首も、何も無いのだ。

「あ、アデルが首ごと斬り落としちゃったとか……!?」

メルルもかなり驚《おどろ》いたようで、顔が引きつっている。

「私はそんなヘマはしないぞ……！」

アデルは警戒《けいかい》して飛び退《の》きつつ、メルルに応じる。

「ま、まるで首なし騎士《デュラハン》の伝承だな……！」

マッシュは警戒感を露にし、油断なく身構えている。

「瘴気と主を失った武具が結び付き、魔物と化す事は稀《まれ》にあり得ることです……！」

「テオドラ殿《どの》……！」

神獣《しんじゅう》の肩《かた》に乗った大聖女テオドラが姿を見せる。

先行していたこちらに、追いついてきたようだ。

「それこそが首なし騎士《デュラハン》の正体。それが強い怨念《おんねん》に当てられたものであればある程、そういった事が起こりやすいのです」

「そうか、ここはかつて滅《ほろ》んだ古城の廃墟《はいきょ》……人知れず廃棄《はいき》されていたモノが、未開領域の瘴気と結びついて……！」

マッシュがそう推測をする。

「ええ、恐らくは……！」

ならば時を遡る前にアデルが身に纏っていた鎧の術具は、この廃墟に隠《かく》されていたものだったのだろうか。

ならばかなりの骨董品《こっとうひん》。年代物である。

「テオドラ殿……！　あれを倒すには、鎧自体を破壊《はかい》する他は無いのでしょうか……⁉」

アデルは大聖女テオドラに問いかける。

時を遡る前のアデルを支えてくれた思い入れのある品だ。

破壊せずに済むならそうしたい。

「私達の手ではそうでしょうが、ペガサス殿のお力ならば……！」

大聖女テオドラはそう言って、上空でこちらの様子を窺《うかが》っているだけのペガサスを見上げる。

「な、何と……！　あんな者にそのような力が……⁉」

「ええ、ペガサス殿には、呪《のろ》いを清め瘴気を滅《めっ》する神聖なる力があるのです……！」

「ならばさっさとやれ！　たまには役に立って見せろ！」

アデルは上を見てペガサスに呼びかける。

『い、いや……いくらアデルちゃんの頼みでもなぁ……？　危ねえじゃんそいつ……！

近寄りたくねぇんだが……⁉　ほら俺《おれ》って平和主義者だろ……？』

尻込《しりご》みするペガサス。

無理やり引き摺り下ろしてやろうかと思うが――

「アデル……！　気をつけろ！」

マッシュが鋭くアデルに呼びかける。

黒い鎧の首なし騎士《デュラハン》は、アデルに向けて折れた剣を振りかぶろうとしていた。

先程《さきほど》折れた部分を埋めるように、瘴気が凝縮《ぎょうしゅく》したような黒い光の刃が発生している。

「……！」

とは言え、間合いはある程度取れている。

直接刃の届く距離《きょり》ではないが――

ビシュウゥンッ！

太刀《たち》筋《すじ》に合わせて瘴気を凝縮したような波動が発生した。

そしてそれが、高速でアデルの眼前へと迫る。

「……っ⁉」

身を捻《ひね》って避《さ》けるが、波動は胸元を少し掠《かす》めて、装束を斬り裂《さ》いて行く。

服の下の下着が、少々露になってしまう。

『ヒャア！　いいねぇもうちょい！　出来ればブラの方もチョキっと……！』

「ペガさん……！　喜んでいないで、アデル達に協力してあげて下さい……！　ペガさんの力が必要なんです……！」

これには流石にユーフィニア姫が苦言を呈《てい》する。

『う……！　わ、分かってるよ……！　けど動きを止めて貰わねぇ事には……！』

「こちらで止めてやる……！　止めたら後は貴様に任せるぞ……！」

とは言えアデルとしてはペガサスの事をあまり信用していないので、鎧の完全破壊も視野に入れながらだが。

「「アデル！　後ろ！」」

そこにメルルとマッシュの声。

アデルの服の胸元を斬り裂いて行った黒い波動がぐるりと軌道を変え、再び迫って来ていたのだ。

「追って来るのか……！」

アデルは横に大きく跳躍《ちょうやく》し、それを避ける。

だがその着地点を狙い澄《す》ましたように、首なし騎士《デュラハン》が剣閃《けんせん》を放つ。

このままでは、瘴気の波動の直撃《ちょくげき》を受けるだろう。

ならば——アデルは空中で火蜥蜴《サラマンダーテイル》の尾の炎《ほのお》の鞭を伸ばすと、崩れた外壁の岩に巻き付け、身をそちらに運ぶ。

火蜥蜴《サラマンダーテイル》の尾は、こうして柔軟《じゅうなん》な動きを生み出せる点が非常に使い勝手が良い。

力勝負よりも技と柔軟性《じゅうなんせい》で戦う今のアデルにとっては、うってつけだろう。

「ユーフィニア姫《ひめ》様！　我々は聖塔の修復を行いましょう！　そうすれば付近一帯の瘴気は無くなります……！」

大聖女テオドラが言うように、聖塔さえ修復できれば瘴気は消えて、首なし騎士《デュラハン》も、後方でアンジェラ達マルカ共和国軍が相手をしている魔物達《まものたち》も、消滅《しょうめつ》するかもしれない。

少なくとも新たに増える事は無くなるので、それが最重要である。

「は、はい！　テオドラ様！　ぺガさん……！　アデル達をお願いします……！」

「ケルベロス！　姫様をお守りしてくれ、頼むぞ……！」

『うむ……！　承知した！』

ケルベロスに乗ったユーフィニア姫と、大聖女テオドラは折れた第七番聖塔へと向かって行く。

そこに、リュートとミュウが付き従って行く。

——一方、こちらはメルルとマッシュと共に首なし騎士《デュラハン》を抑《おさ》える役目だ。

まずは、再び目の前に迫りつつある、二筋の瘴気の波動。


ビシュウゥンッ！

いや、更に正面からもう一つ増えた。

ビシュシュシュッ！


いや、高速で剣を繰り出し更に三つ。合計で六つ。

一体いくつ出せるのか、限界はないのか、それは分からないが——

「数が多ければいい、というわけでもな……！」

眼と脚《あし》に『錬気収束法』。

後方と前方の全ての波動の軌道から身をかわしつつ、アデルは首なし騎士《デュラハン》へと接近して行く。

高速で走り込みつつ、波動と波動の僅《わず》かな軌道の隙間《すきま》を潜《くぐ》り抜《ぬ》けて進む様は、およそ人間離《ばな》れしており、また見惚《みと》れる程に美しく洗練された動きだ。

「速い……っ！」

「凄いわね、何て動き……！」

マッシュとメルルが固唾《かたず》を呑《の》む中、アデルは首なし騎士《デュラハン》のすぐ目の前に肉薄《にくはく》していた。

直接アデルを討つべく繰り出された斬り下ろしも、半身になって紙一重で躱《かわ》す。

本当にギリギリの目と鼻の先。上から下に通り過ぎていく剣の刀身に自分が映っているのが見えた。

直後の斜《なな》め上への斬り上げは、その軌道の下に潜《もぐ》り込むように身を沈《しず》める。

さらに斬り返しがアデルの身に迫って来るが、アデルは細かい足捌《さば》きで反転しつつ、首なし騎士《デュラハン》の背中側に回り込んで避けていた。

そしてその瞬間《しゅんかん》、首なし騎士《デュラハン》の目の前には、先に繰り出した六つの波動が迫っていた。

目の前に肉薄し、攻撃《こうげき》を避けていたのはこれが狙い。

アデルを追ってくる波動をギリギリまで引き付けるためだ。

「自分で受けろっ！」

蹴り足に気を集中し、首なし騎士《デュラハン》の背を押《お》すように蹴り飛ばす。

姿勢を崩《くず》し前に押された首なし騎士《デュラハン》に、波動が直撃する。

ギャリイイイイイイッ！


金属を擦《す》り合わせるような不快な音が響き——

首なし騎士《デュラハン》の鎧がひしゃげ、体勢を崩してその場に膝《ひざ》を突く。

無傷とは行かないが、多少の損傷は止《や》むを得《え》まい。

「今だッ！」

アデルは火蜥蜴の尾《サラマンダーテイル》を鞭状に伸ばし、首なし騎士《デュラハン》の鎧に巻き付けて拘束《こうそく》する。

これが火蜥蜴の尾《サラマンダーテイル》という術具の本来の用途《ようと》でもある。

ただし、『錬気増幅法』で強化した青い炎の鞭が巻き付いているが。

威力を高めなければ、簡単に拘束を破られてしまいかねないからだ。

「マッシュ！　メルル！　済まんが手伝ってくれ……！　こちらが引き摺《ず》られかねない
……！」

アデルはマッシュとメルルを呼ぶ。

『錬気増幅法』で火蜥蜴の尾《サラマンダーテイル》を一点強化しているため、腕《うで》の力や足の踏ん張りは女性の体のそれになる。

とは言え拘束用の炎の鞭の強度は下げられないため、ここはマッシュとメルルの助けが欲《ほ》しい。こうしている間にも、首なし騎士《デュラハン》には少し身じろぎするだけで引き摺《ず》り倒《たお》されてしまいそうだ。

「よし、分かった……！」

「オッケー！　アデル！」

三人がかりで火蜥蜴の尾《サラマンダーテイル》を引っ張ると、何とか首なし騎士《デュラハン》の力と拮抗《きっこう》し、押さえる事が出来た。

「よし……！　おい貴様！　出来るならばさっさと瘴気を祓《はら》え！　さもなくば姫様にお仕えする資格なしと見做《みな》して叩《たた》き出してやるぞ……！」

「アデル、アデル……！　ちょっと言い過ぎじゃない？　ペガちゃんが可哀想《かわいそう》だよ？」

メルルは何も知らないからそう言えるのだろう。

この間の訓練の時も、メルルに対して下品な言葉で喜んでいた。

それが聞こえていたら同じ事は言えないはずだ。

「……さあ、どうかな……！　奴《やつ》はこのくらい言わねば動かんだろう……！」

『し、仕方ねえな……！　ちゃんと押さえといてくれよ、アデルちゃん……！』

ペガサスはそう言いながら、首なし騎士《デュラハン》の目の前に着地する。

『おうテメェ……！　こちとらテメェのせいでいらん事に駆《か》り出されて、迷惑《めいわく》してんだよ……！　ぶち殺してやるからせいぜい怯《おび》えて震《ふる》えてろカスが……！』

首をもたげながら、首なし騎士《デュラハン》に顔を近づけて睨《にら》みつけるペガサス。

相手が動けないからと言って、清々《すがすが》しいまでに小悪党の振《ふ》る舞《ま》いである。

今火蜥蜴の尾《サラマンダーテイル》の拘束を解いたら、どんな顔をするのか。

とてもそうしたい誘惑《ゆうわく》にかられるが、ここはぐっと我慢《がまん》である。

『さぁ、くたばりやがれコラアアアアァァァッ！』


ベロンッ！

ペガサスは大きく舌を出し、思い切り首なし騎士《デュラハン》の鎧を舐《な》めた。


「うわっ……！」

汚《きたな》い――！

アデルは思わず顔をしかめる。

『死ね死ね死ね死にやがれぇぇぇぇぇっ！』

ベロベロベロベロッ！

高速で躍《おど》るように繰り出される長い舌。

アデルとしては、途轍《とてつ》もない生理的嫌悪《けんお》感だ。

自分が愛用したあの術具の鎧に、あんな恐《おそ》ろしい扱《あつか》いを……！

錆《さ》びたり臭《くさ》くなったりしたらどうしてくれるというのだ。

「ぐぐぐぐ……！　奴は何をしているのだ……！」

「いやでもアデル！　あれ効いてるよ……！」

「ああ、瘴気が霧散《むさん》して行くのが分かる……！」

マッシュの言う通りだった。

首なし騎士《デュラハン》を覆《おお》っている瘴気が、だんだんと輝きを失っていくのがアデルにも分かる。

火蜥蜴の尾《サラマンダーテイル》から伝わる手応えも、落ち着いて来ている。

明らかに効いているのは事実。大聖女テオドラの言う事に間違いはなかった。

だが――

「しかしこの気色悪さは何とかならないのか……!?」

「そ、そう……？　別に普通《ふつう》だけど？　ねえマッシュ？」

「あ、ああ……特に気にはならないが……？　凄《すご》いとは思うが」

メルルとマッシュには、神獣の声は聞こえない。

だから動物のように考えているからいいのかも知れないが、神獣の声が聞こえる聖女の
アデルとしては、人格のある一個の存在だ。しかも品性下劣《げれつ》で度《ど》し難《がた》い性格の。

だから二人と同じようには思えないのである。

自分の愛用した思い入れのある鎧ではあるが、それがこんなに舐め回されては、念入り
に洗浄《せんじょう》されるまで触《さわ》りたくなくなってしまう。

身震《みぶる》いするアデルをよそに、ペガサスの浄化《じょうか》の効果は覿面《てきめん》だった。


ガランガラン……！


音を立て崩れ落ちる黒い術具の鎧。

各部が地面に散らばって、そのまま動かなくなった。

つまり瘴気が消滅して、ただの術具に戻《もど》ったという事だ。

「やった……！　瘴気が消えた……!?」

「おお……！　さすがペガちゃん！　ユーフィニア姫様の神獣だけあるよ……！」

傍《はた》から見ると、そういう評価になってしまうのかも知れない。

「「凄い神獣だ……！　何と神々《こうごう》しい……！」」

「「素晴《すば》らしい……！」」

他にも周囲の味方の騎士達《きしたち》から、ペガサスに向け喝采《かっさい》が上がっている。

『ケッ！　糞《くそ》マズイもん舐めさせやがって……！　俺が舐《な》め回したいのは美少女だけなんだよっ！』

「ん？　なーにペガちゃん？　そんなに舐めたらくすぐったいよ……あははっ。頑張《がんば》ってくれてありがとね～？」

メルルは無邪気《むじゃき》に笑って、ペガサスの頭を抱《だ》きしめていた。

「ちっ……！」

「ど、どうしたアデル？　まだ何かあるのか……？」

マッシュがそう尋《たず》ねて来る。

「いや、無いがな……」

結果的に見れば、ペガサスは申し分のない活躍《かつやく》をしていた。

何せトーラスト帝国《ていこく》の部隊を半壊《はんかい》させた強敵を消滅させたのである。

ペガサスがいなければ、もっと被害《ひがい》は大きなものになっただろう。

能力的な事を考えれば、ユーフィニア姫に相応しいと言わざるを得ない。

評価を改める必要があるだろう。そして、それが不本意なのである。

――とその時、視界の端《はし》に白い光の柱が立ち昇《のぼ》るのが目に入った。

大聖女テオドラとユーフィニア姫による、聖塔《せいとう》の修復が始まったのだ。

「よし、マッシュ、メルル！　姫様の周辺警護に戻るぞ！　また何が現れるか、知れたものではないからな……！」

「うん、分かった！」

「ああ、そうだな……！」

アデルが大聖女テオドラの教えを受ける余裕《よゆう》は無さそうだが、ユーフィニア姫がそれを受けられれば十分だ。

アデル達《たち》は急いで、聖塔の元へと向かった。

第3章◆忘れ得ぬ地で

それから、数日――

未開領域の討伐《とうばつ》を終えたアデル達は、そこから一番近い街を訪《おとず》れていた。

あれから程無《ほどな》く聖塔の修復は無事終わり、第七番聖塔の付近に現れた未開領域は消滅した。

が、それで万事《ばんじ》解決と言うわけには行かなかった。

先行していたトーラスト帝国の皇太子トリスタンや、彼《かれ》が率いていた部隊の損害はかなり大きかったのである。

トリスタン自身もそうだが、急を要するような状態の負傷者も多く、自力でトーラスト帝国まで帰還《きかん》させるよりも、距離的《きょりてき》に一番近いウェンディール領内の街に収容する事になったのだ。

その最寄《もよ》りの街の名は、シィデルという。

アデルにとっては、忘れ得ぬ地名だ。

何せ時を遡る前のユーフィニア姫が亡《な》くなってしまった土地である。

アデルを復讐《ふくしゅう》に駆り立て、結果的に大戦を終結させるための切っ掛《きか》けとなった出来事。

ユーフィニア姫は、亡くなる直前まで大戦を和平に導く道を模索《もさく》していた筋金入りの穏《おん》健派《けんは》だった。

それが、怒《いか》りに突き動かされるままエルシエルやトリスタンを討《う》ち、北国同盟を蹂躙したアデルの姿を見たらどう思うだろう？

結果的には南邦連盟の勝利に手を貸しただけだったかも知れない。

だがそうせざるを得ないほど、アデルの絶望は深かった。

怒りと悲しみに飲《の》み込《こ》まれた。

元々忠誠を誓《ちか》っていると思っていたが、もっと深く――

敬愛し、心酔《しんすい》しているのだと、自分で自分の心が分かった。

ユーフィニア姫の存在なしには、生きている意味がないと感じる程に。

今もう一度、ユーフィニア姫の側にいられるのは、この上もない幸運だ。

今度こそ必ず、ユーフィニア姫を守り抜く。

その決意が強ければ強い程、この街は恐ろしい。

どうしてもユーフィニア姫の死の記憶《きおく》が、頭を過《よぎ》るのだ。

盲目《もうもく》ではあったが、あの冷たさ、あの静寂《せいじゃく》――それが生々しく思い出されてしまう。

「アデル……アデル……！」

「……!?　あ、姫様《ひめさま》……？」

目の前に、きょとんとこちらを見つめるユーフィニア姫の顔があった。

「どうかしましたか？　何だかとても……怖《こわ》い顔をしていましたけれど」

今はシィデルの街に用意した療養所《りょうようじょ》に、トーラスト帝国兵達を収容中だった。

アデルは負傷者を寝台《しんだい》に運ぶ作業をしていたのだが、それが一段落し小休止をしている所だった。

「これは済みません、姫様……！　問題御座《ござ》いません、何か御用《ごよう》でしょうか？」

時を遡《さかのぼ》る前のことを思い出して、今目の前にいてくれるユーフィニア姫に心配をかけるなど言語道断だ。アデルは努めて笑顔《えがお》でそう応じる。

「そうですか？　なら良いのですが……あの、テオドラ様がアルダーフォートにお戻りになるそうです。皆《みな》でお見送りを、と思いまして」

「ははっ……！　お供致《いた》します！」

アデル達は街の出口まで、大聖女テオドラの見送りに出向いた。

メルルもマッシュも不在で、こちらはアデルとユーフィニア姫だけだが。

他には騎士団長《きしだん》のベルゼンと、マルカ共和国軍の指揮官アンジェラもいた。

ベルゼンはトーラスト帝国兵達のための療養所の警備をするために、部下を率いてここに残っている。何せトーラスト帝国の皇太子であるトリスタンもここに運《はこ》び込まれているため、警備の手は抜けない。

それに、マルカ共和国のアンジェラの身柄《みがら》を預かる役目もある。

アンジェラは部下達を先にマルカ共和国に帰し、未開領域突入《とつにゅう》前にウェンディール領に踏み入ってしまった件について、この街で王城の沙汰《さた》を待つことになった。

ユーフィニア姫の口添《くちぞ》えもあるので、大きな問題にはならないだろう。

「ここまでで結構です。どうもありがとうございます、ユーフィニア姫様、アデルさん」

大聖女テオドラは、アデル達に微笑《ほほえ》みかける。

「大聖女様自ら聖塔の修復法をご教授頂き、感謝いたします。それに療養所の設置までお手伝い頂いて……本当に有難《ありがと》うございました」

ユーフィニア姫は実に優雅《ゆうが》に、スカートの端をつまんで一礼する。

とても可愛《かわい》らしい所作だ。見ているだけで癒《いや》される気がする。

「テオドラ殿、感謝致します」

アデルも深く一礼したつもりだったのだが——

「うーん……ちょっと男の人みたいな……？」

　と、ユーフィニア姫に言われてしまった。

「こ、これは失礼を……」

　所作については護衛騎士《きし》になった今でもクレアから口を酸《す》っぱくして言われていた。

　ユーフィニア姫やメルルも、気づいたら言ってくれるのだが、意識していないとつい男性の仕草になってしまう。

「足は開かずに、足元を少しだけ交差して……手はお腹《なか》の前……はい、そうです」

　ユーフィニア姫が優《やさ》しく、アデルの姿勢を直してくれる。

「改めまして……テオドラ殿、お世話になりました」

「はい。とても綺麗《きれい》だと思いますよ、アデル」

　嬉《うれ》しそうな笑顔のユーフィニア姫。

　この笑顔を向けて貰えるのなら、聖女らしい所作とやらも身に付け甲斐《がい》があるというものだ。

「ふふっ。アデルさんは男性顔負けの勇ましさですものね？　所作に少々表れてしまうのも、仕方のない事です。クレアが聞いたら、怒《おこ》られてしまうかも知れませんが」

　アデルに指導するユーフィニア姫の姿に、人聖女テオドラは微笑んでいる様子だ。

「凛々《りり》しい振る舞いも、アデル様の良い所だと思います……！」

大聖女テオドラの横にいるミュウは、アデルを励《はげ》ますようにそう言ってくれた。

「ははっ。ミュウはアデル様の事なら何でもいいんだものな」

「お兄様……ッ！」

「では行きますよ、二人とも。ベルゼン殿、アンジェラ殿もまたいずれ……」

「大聖女殿！　ご協力感謝致します！」

「はぁい……！　生きてお会いできることをお祈《いの》りしていますぅぅぅ……！」

「そ、そんなに怯えないで下さい。悪いようには致しませんから……」

真面目なユーフィニア姫は真剣《しんけん》にアンジェラを心配し、慰《なぐさ》めていた。

大聖女テオドラを見送った後――アデルとユーフィニア姫には向かう所があった。

このシィデルの街の大商人、セディス家を訪ねるのだ。

セディス家は、メルルの実家だ。

メルルが口を利《き》いてくれて、療養所の場所や物資の手配など、セディス家の手を借りて急速に整えることが出来た。この迅速《じんそく》さで助かった命もあっただろう。

無論メルルを通して感謝の意は伝わっているだろうが、律儀《りちぎ》なユーフィニア姫は自ら出向いてお礼を言いたいとの事だ。

国王や兄王子のいない場では自分が国の代表として見られる立場なのだから、それに相応しい振る舞いをせねばならない、らしい。

アデルとしてはその事に何ら文句はなく、ユーフィニア姫の行動は素晴らしいと思う。

問題は――セディス家の屋敷《やしき》は街の中心部にあり、そのあたりは時を遡る前のユーフィニア姫が亡くなっていた現場に近いという事。

正確にはあの時は街の破壊の状況《じょうきょう》が酷《ひど》く、はっきりとした位置が分からない。

が、この近くである事は間違《まちが》いない。

どうしても記憶が甦《よみがえ》る。そうすると、どうしても平静ではいられない。

「アデル……！　ど、どうしましたか？　凄い汗《あせ》ですよ……!?」

「……！　い、いえ姫様……！　何でも御座いません……！」

「そうですか……？　とにかく少し姿勢を低くして、じっとしていて下さい」

「はっ……！」

アデルがその場にしゃがむと、ユーフィニア姫はハンカチを取り出した。

そしてそれを、アデルの額にそっと押し当てる。

「こ、これは勿体《もったい》ない……」

だが清潔な布が、額や首元の汗を拭《ぬぐ》ってくれて、とても心地《ここち》が好かった。

「アデル……何か悩《なや》みがあるなら言って下さい？　わたくしにも何か力にならせて欲しいのです」

そして、ユーフィニア姫の大きな瞳《ひとみ》がじっとアデルを見つめて来る。

裏表なく、真剣にアデルの事を案じてくれている眼差《まなざ》しは、まるで天使のようだ。

この瞳の前で、隠《かく》し事《ごと》はしたくない――

が、流石《さすが》に言える事と言えない事がある。

「いえ、姫様……少々ここが暑かったようです。ご心配には及《およ》びません」

「……そうですか」

珍《めずら》しく、ユーフィニア姫がちょっと拗《す》ねたような顔をした。

アデルが何度聞いても口を割らないものだから、拗ねてしまったのかも知れない。

途轍《とてつ》もない罪悪感を感じるが、これはかりは仕方ない。

アデルは慌てて立ち上がり、ユーフィニア姫を促《うなが》す。

「さ、さあセディス家に挨拶《あいさつ》に参りましょう……！」

「……はい」

じーっと、何か言いたそうな上目遣《うわめづか》いで見られる。

申し訳なさと罪悪感で、泣きたくなって来た。

（姫様……！　申し訳ございません申し訳ございません申し訳ございません……ッ！）

心の中で全力で、何度も謝罪する他は無かった。

そうしながらセディス家の門番に取次ぎを頼《たの》み、当主でありメルルの父であるウォルフ・セディスへの面会を申《もう》し込んだ。

すると二十歳程《はたちほど》の青年が、慌てた様子で大きな屋敷から駆け出して来た。

「ユーフィニア姫様！　わざわざご足労頂きありがとうございます！　私はダンケル・セディス。当主ウォルフの補佐を務めさせて頂いております。どうかお見知りおきを」

深々とユーフィニア姫に頭を下げるダンケル。

「ユーフィニア・ティエル・ウェンディールと申します。はじめまして」

ユーフィニア姫がたおやかな所作で一礼する。

それに合わせて、今度はアデルもちゃんと間違わずに礼をした。

「失礼ですが、メルルのお兄様……でしょうか？」

ユーフィニア姫が小首を傾《かし》げながら、ダンケルに尋ねる。

セディスはメルルと同じ家名だ。

となるとダンケルとメルルは兄妹《きょうだい》、と考えたくなるのだが、ダンケルは褐色《かっしょく》の肌《はだ》に赤茶けた髪色《かみいろ》をしており、顔立ちもメルルとあまり似ていない。

「ああ。確かに似ていませんよね、私はメルルとは腹違《はらちが》いの兄妹でして」

「まあ、そうなのですね。立ち入った事をお伺《うかが》いして、申し訳ありません」

「いえ！　どうかお気になさらず。さあ、ご案内いたします。参りましょう」

「ええ、よろしくお願いします」

二人の後ろに付いてセディス家の前庭を歩きつつ、アデルは思う。

メルルとダンケルが、似ていないとも言い切れない。

それはダンケルの姿勢や体の動きだ。

当主の補佐をしていると言うが、メルルと同じく鍛《きた》え上げられた戦士のそれである。

セディス家と言うのは商家ではあるが、皆武術の訓練をするのだろうか？

アデルは時を遡る前はセディス家と関わりは無かったため、よく分からない。

ただ、嗜《たしな》みや護身術の範疇《はんちゅう》を超《こ》えて、今すぐ戦場に出られるような領域に思える。

それが不自然に思えて、どうにも引っかかる。

ユーフィニア姫が亡くなった時の事を思い起こして、気が立っているからかもしれないが。

「…………」

気のせいか、剣戟《けんげき》の音のようなものまで聞こえて来る気がする。

『錬気収束法』で強化しつつ耳を澄ますと、少年や少女の悲鳴のようなものまで。

見回しても周囲は当然ただの庭であり、何もない。

ならばこれは、あの時のシィデルの街で聞いた音――？

とうとう幻聴《げんちょう》まで聞こえるようになってしまったのだろうか？

アデルは頭をぶんぶんと振り、幻聴を意識から追い出した。

今はユーフィニア姫の護衛騎士として、姫の身を守るためにここにいる。

とにかく、自分本来の役目に集中せねばならない。

今はメルルもマッシュもおらず、姫の身を守るのはアデル一人なのだ。

ここはれっきとしたウェンディール領内とはいえ、何があるか分からない。

「メルルはどうしていますか？　久しぶりに故郷でご家族と会って、喜んでくれているでしょうか？」

ユーフィニア姫がダンケルに尋ねる。

メルルは街に着くとセディス家への協力要請《ようせい》と里帰りを兼《か》ねて、一時的にユーフィニア姫のもとを離れている。

ここ数日、アデルはメルルの顔を見ていない。

また、マッシュは王都に居るウェンディール国王へアンジェラの事について伝え、指示を仰《あお》ぐ伝令役としてこの街を離れている。

ベルゼン騎士団長がこの街に残るため、その代わりにと自ら役を買って出ていた。

アンジェラとは距離を置いておきたい、という事なのだろう。

「ええ。物資の手配で街のあちこちを飛び回っていて、今も不在ですが……私も父も、久しぶりにメルルの顔が見られて嬉しかったです」

「そうですか。普段《ふだん》は苦労をかけていますし、少しでも寛《くつろ》いでもらえると良いのですが」

「ありがとうございます。姫様のような主にお仕え出来て、あの子は幸せですね」

和《なご》やかに会話をしながら、館に入り、一階奥《おく》の大きな部屋へ。

ここが応接室のようだ。

「どうぞ、父ウォルフが待っております」

ダンケルの先導で部屋に入ると、そこには大柄《おおがら》な体格の壮年《そうねん》の人物が。

顔立ちはメルルに似た面影《おもかげ》もあるかも知れない。

メルルと同じ金髪《きんぱつ》でもある。

この人物がウォルフ・セディスなのだろう。

「ほう……」

アデルが思わずそう漏《も》らしてしまったのは、ウォルフの容姿がどうこうではない。

その戦士としての技量を推し測《はか》ったからだ。

メルルやダンケル以上かも知れない。刃《やいば》のように研《と》ぎ澄まされた雰囲気《ふんいき》を感じる。

これはどう見ても商家の当主のそれとは似ても似つかない。

商売人と言うのは、接する人間に対して警戒心《けいかいしん》を解き気安く話せるような印象を与《あた》えるのが良いと思うのだが、ウォルフはその真逆だった。

見るものに畏怖《いふ》を感じさせるような、強烈《きょうれつ》な存在感を放っている。

身に纏《まと》う『気』すら通常の人のそれとは違《ちが》うかも知れない。

神獣《しんじゅう》は術法の源となる神滓《アニマ》をその身に宿しているが、人の神滓《アニマ》こそが『気』である。

それを認識《にんしき》し、操《あやつ》る事が出来る者は極僅《ごくわず》か。

歴史上の英雄《えいゆう》たちが操ったとされる『気の術法』である。

ウォルフにはその素養すら感じさせるのだ。

「これはユーフィニア姫様、よくぞお越《こ》しくださいました。セディス家当主、ウォルフ・セディスに御座います」

笑顔を浮《う》かべ恭《うやうや》しく礼をして見せるとかなり印象が変わり、商人らしい人当たりの良さも出て来る。

とは言えこちらの顔がウォルフ本来のものとはアデルには思えない。

卓越《たくえつ》した戦士のあの気配は、一朝一夕《いっちょういっせき》の修練で出るものではないのだから。

ユーフィニア姫はダンケルの時と同じような丁寧《ていねい》な挨拶をし、アデルもそれに合わせて一礼。今度も間違えなかった。

「こちらは?」

ウォルフがアデルの方を注目する。

「アデル・アスタール、ユーフィニア姫様の護衛騎士にございます」

「なるほど。これは良い護衛騎士を連れておいでだ——」

戦士としての高い技量がそうさせるのか、あちらもアデルの事を見抜《みぬ》いたようだ。

だからと言って特に感想は無い。

ウォルフに対する自分の見立てが間違っていなかった、と言うだけだ。

「ええ。アデルはメルル共々、よくやってくれています」

ユーフィニア姫は微笑みながらそう応じる。

これは素直《すなお》に嬉しい。鼻高々である。

「それは、どうもありがとうございます。親として光栄で御座います。今後ともメルルの事をどうぞよろしくお願い申し上げます」

「いいえ、こちらこそ……! それに今回は療養所の設置にまでご協力頂き、本当にありがとうございます。お陰様《かげさま》で、トリスタン殿下《でんか》や負傷兵の皆さんも安心だと思います。この通り、感謝致します」

深々と礼をする姿勢は美しく、清らかさに満ちている。

まだ十歳《さい》だが、これが生まれ持った人の上に立つ者の気品というものだろう。

アデルの知る、もう少し大人になったユーフィニア姫と、この点は何ら変わりがない。

「何の何の。未開領域がそのまま広まれば、ほど近いこの街も呑《の》み込まれていた可能性も御座います。街をお守り頂いた皆様《みなさま》に協力させて頂くのは当然と言えましょう。それがメルルの願いでもありますし、どうかお気になさいませんよう」

「そう言って下さいますと、とても助かります。後で勝手な事をするなと、お父様に叱《しか》られるかも知れないと思っていました」

「ははは、それは杞憂《きゆう》かと。国王陛下は姫様のお優しさと機転をお褒《ほ》め下さるでしょう」

「その通りにございます」

そこは、アデルとしてもウォルフに同意する所だ。

うんうん、と大きく頷《うなず》く。

「しかしトリスタン殿下も無茶《むちゃ》をなさるお方ですな……トーラスト帝国の跡継《あとつ》ぎたる皇太子でありながら、自ら部隊を率いて真っ先に未開領域に飛び込むとは……」

「わたくしも人の事は言えませんが……」

「姫様には、私やメルルにマッシュも付いております。全てにおいて安全、かつ安心にございます……！」

「ふふっ。ありがとうございます、アデル」

「実際、後から立ち入られた皆様がトリスタン殿下をお救いになったのですから、その通りでしょうな。私も、我《わ》が娘《むすめ》がそこに名を連ねているのは鼻が高い」

これは助かったトーラスト兵から聞いたのだが、トリスタンが率いていた部隊は精鋭《せいえい》だが聖女の数は少なく、皆、それ程《ほど》強力な力の持ち主ではなかったようだ。

その彼女等《かのじょら》が未開領域内で真っ先に討たれてしまい、部隊全体が危機に陥《おちい》ったようだ。

後から向かったこちらはユーフィニア姫《ひめ》自身が強力な聖女であり、アデルもいて、更《さら》には大聖女テオドラまで帯同していた。

未開領域を行軍するアデル達はユーフィニア姫の聖域を展開していたが、その膨大《ぼうだい》な効《こう》果範囲《かはんい》は苦戦していたトリスタンやトーラスト帝国兵のもとにも届き、こちらが到着《とうちゃく》するまでの間踏《ふ》ん張ることが出来たようだ。

あの聖域のおかげで助かったと、彼等は口を揃《そろ》えて言っていた。

「ですが、わたくし達より早くトリスタン殿下が動かれているとは驚《おどろ》きました。我が国の聖塔の事でお手間をかけ、お怪我《けが》までさせてしまい……申し訳ないと思います」

「少々間が悪う御座いましたな……トリスタン殿下は、別な件で部隊を編成中だったと聞きます。その最中に未開領域出現の報が入ったため、そのまま転進して討伐に出向かれたのでしょう。ですから姫様達《ひめさまたち》の先を越してしまったわけです」

「別な件……ですか？」

ユーフィニア姫がそう尋ねる。

アデルも初耳の情報だった。

「ええ。国の外側……外縁《がいえん》の未開領域に遠征《えんせい》されるつもりだったようです。ここは国境に近い街ですから、あちらの動向にも気を払《はら》っております」

「まあ、外縁を越えて遠征を……！」

この四大国時代、トーラスト帝国をはじめ四つの国が内陸に身を寄せ合い、その中央に小国ウェンディールと聖塔教団の本拠地《ほんきょち》アルダーフォートが存在するというのが人の生活《せいかつ》圏《けん》だ。

かつての聖王国時代に比べれば、人類全体の版図は三分の二ほどになっているようだ。

そしてそれを取り戻そうとする動きは決して大きくはない。

どの国も互《たが》いに牽制《けんせい》をしながら、自分達の国を維持《いじ》する事が一番というわけだ。

「あくまで調査が主たる目的との事でしたが……トリスタン殿下は四大国が互いの国を狙《ねら》って牽制し合うよりも、手を取り合って失われた聖王国時代の土地を取り戻すべきだとお考えのようです。新たに広大な土地が手に入れば、国同士の諍《いさか》いも無くなるであろうと……かなりの理想家と言えましょうな」

それがトリスタンの思想なら、確かにウォルフの言う通りだろう。

理想家である故に、目の前に発生した未開領域を見過ごせず率先《そっせん》して動き――

そして命を落としかねない負傷をしていては世話が無いが、それより別の問題がある。

「理想家……確かにそうでしょうが――ですが、素晴らしいお考えだと思います……！」

ユーフィニア姫の表情は明るく、瞳はキラキラと輝《かがや》いていた。

そう、それだ。

ウォルフが言ったトリスタンの理想とやらは、聖王国建国期の未開領域への大遠征を今再び、というようなものだ。

ユーフィニア姫はかつての大遠征で歴史に名を残した大聖女メルメアを尊敬している。

古《いにしえ》の大聖女メルメアは広大な万能属性《オールマイティ》を持つとされ、その伝承の内容は、ユーフィニア姫の持つ聖女の力とよく似ていた。

だから、ユーフィニア姫がトリスタンの考えに共感しないはずがないのだ。

「ね、アデルもそう思いませんか？」

「は、ははっ……無論です姫様」

ユーフィニア姫が古の大聖女メルメアに憧《あこが》れ、それと同じ道を往《ゆ》きたいと言うのならば、それを否定するものではないし、無論喜んでその供をする。

その事は揺《ゆ》らがないが、ウォルフは余計な事を言ってくれたとアデルは思う。

ユーフィニア姫のトリスタンへの印象が良くなってしまうではないか。

あの場は助けざるを得なかったが、まだ将来の危機を未然に防ぐために、トリスタンを亡き者にするという方向を捨てたわけではないのだ。

ユーフィニア姫の中でトリスタンの評価が高まれば高まる程、やり辛《づら》くなってしまう。

「わたくし、トリスタン殿下がお元気になられたら、是非《ぜひ》お話を伺ってみたいです！」

現時点で、ユーフィニア姫のトリスタンへの心証は上々と言った所だろう。

しかしその人物像は、アデルの知る狂皇《きょうこう》トリスタンとはまるで違った。

何せ大戦を引き起こした張本人、歴史に残る人類への大逆人である。

四大国が手を取り合うどころか、他の国を堂々と踏み潰《つぶ》しに行った人間だ。

これでは話が違う――

何かがあって思想が急に変わったのか、今が猫《ねこ》を被《かぶ》っているだけなのか。

「では、トリスタン殿下には是非とも良くなって頂かねばなりませんな？　出来る限り良い医者と薬を探させましょう」

「はい……！　ありがとうございます、ウォルフ様……！」

「何の何の。姫様とトリスタン殿下が誼《よしみ》を結ばれる事は、中の国ウェンディールの平和のために、決して無駄《むだ》にはなりますまい」

ウォルフの言うような事になるのかは分からないが、アデルの知る時を遡る前の出来事と、今見える状況がかなり異なっていそうな事は確かだ。

ならば——時を遡る前にこの街で起きた事も、その記憶に囚《とら》われる事も、今は必要ないのだ。これから如何様《いかよう》に変わるかも分からないのだから。

とにかく、アデルとしてはユーフィニア姫に幸せな一生を送ってもらう事が第一。

必要以上に悪い記憶に囚われて、今為《な》すべき事を疎《おろそ》かにしてはいけない。

そう思い直せた事だけは、ここに来た意味があっただろう。

その後も暫《しばら》く談笑《だんしょう》を続けた後、アデル達はセディス家の屋敷を後にした。

ダンケルに見送られて門を出ると、アデルはユーフィニア姫に呼び掛ける。

「では姫様、療養所の様子を見に戻りますか？　それとも、宿に戻ってお休みに……」

「いいえ……！」

ユーフィニア姫は首を振《ふ》って、アデルの手をきゅっと握《にぎ》った。

「姫様……？」

「行きたい所があるんです、一緒《いっしょ》に行きましょう？」

笑顔のユーフィニア姫に手を引かれては、そのまま付いて行く他は無かった。

◆◇◆

そして小一時間後――

ガフッ！　ガフッ！　ガフガフガフッ！

『なかなか美味《うま》いではないか……！　城の料理人が作ったものにも負けておらんな。わははははっ！』

ケルベロスがテーブルの上に置かれた大皿に、鼻を突《つ》っ込むくらいの勢いでかぶりついている。

大皿の上に載っているのは、特注の巨大《きょだい》なプリンだ。

アデルが盟約しているケルベロスの個体名はプリンで、好物もその名の通りだった。

元々は聖女と盟約していた母親が、人間の世界で一番美味《おい》しかった物の名をつけたそうだ。

ユーフィニア姫がアデルをこの店に連れて来て、ケルベロスの分のプリンを頼んでくれたのである。大通りに面したオープンテラスの席で、ケルベロスの巨体《きょたい》でも問題なく楽しめている様子だ。

ただし通行人からは目立つので、皆足を止めてその様子を見たり、有難《ありがた》そうに拝んで行ったりする者もいる。神獣とは人々の生活には無くてはならない、有難い存在なのである。

ケルベロスとしてはこの店のプリンもお気に召《め》したらしく、特注の巨大な皿もあっという間に空になりそうだ。

それはまあいいのだが、激しく振られる尻尾《しっぽ》がアデルの鼻先を掠《かす》めて、少々くすぐったい。

「あのう……よろしければお代わりをお持ち致しましょうか？」

店員の女性が、アデルとユーフィニア姫に問いかけて来る。

『おう……！　我はまだまだ食えるぞ……！　どんどん持ってくるがいい！』

「あまり調子に乗るなよ。これも無料ではないのだぞ？」

「まあまあ。大丈夫《だいじょうぶ》ですよ、アデル。ではもう一つ同じものをお願いします」

「はい！　神獣様に気に入って頂けて、光栄です！」

女性は嬉しそうに笑って、店内に入って行く。

「本当に、美味しいですね？　このお茶も、ケーキも……」

ユーフィニア姫はケーキを口に運んだ後に、紅茶を一口。

そして幸せそうな笑顔を浮かべる。

見ているこちらの方が幸せになれる、天使のような笑顔だ。

「はっ……！　全くその通りです、姫様」

こちらもつられて自然と笑顔になってしまう。

そして実際にこの紅茶とケーキは美味しい。

アデルもユーフィニア姫と同じものを頼んでいるから、良く分かる。

姫が紅茶とお茶菓子《ちゃがし》が好きな事は承知しているが、その中でも細かな違いを把握《はあく》しておきたいのである。

紅茶は時を遡る前からユーフィニア姫の影響《えいきょう》で嗜《たしな》んでいたが、ケーキは盲目の身には食べ辛いし、あまり好んでいなかった。

基本的に手に持って食べやすい物ばかり食べていたのだが――

女性の身になったからか、とても美味しく感じる。

ユーフィニア姫の感想に完全に同意だ。

「アデル、ほっぺたにクリームが付いていますよ？」

「あ、これは失礼を……！」

時を遡る前の食習慣から、ナイフやフォークの扱《あつか》いは上手《うま》くできないのだ。

お皿の上のケーキも、ユーフィニア姫のものは綺麗に少しずつ小さくなって行くのに、アデルのものは解体したと言うのが相応《ふさわ》しいような姿である。

「大丈夫ですよ。少し動かないで下さいね？」

ユーフィニア姫が、アデルの頰《ほお》を拭《ふ》いてくれた。

「わ、私などに勿体ない……！　ありがとうございます」

「いいえ。とても美味しいですから、夢中になって気づかないのも仕方がありません。メルルにシィデルの街にとてもお茶の美味しい店があると聞いて、わたくしも来てみたかったんです」

「なるほど、自分の出身地ですから、詳《くわ》しいのも当然ですね」

「ええ。そうですね。あ、そういえば……アデルの出身はどこなのですか？　やはりウェンディールの国の中のどこかですか？」

「いえ、私はどこの出身かは分かりません。物心ついた時には孤児院《こじいん》にいましたので」

「まあ、そうですか――済みません、答え辛い事を聞いてしまって」

ユーフィニア姫が少ししゅんとしてしまう。

「いえ、お気になさらず……！　私も気にしておりませんので！　強《し》いて出身地を言えば、その孤児院のあった街という事になりましょう」

「それは、どこに？」

「南西のラクール神聖国の王都です。下町の片隅《かたすみ》にアスタール孤児院という場所がありまして……そこで育った孤児達《たち》は皆、アスタールの姓《せい》を名乗っております」

「なるほど、それでアデル・アスタールなのですね」

「ええ。恥《は》ずかしながら……」

「何も恥ずかしい事などありません。アデルは立派な聖女であり護衛騎士ですから、孤児院の方々も喜んでおられると思います、もっと胸を張りましょう？」

「は……！　ありがとうございます、姫様」

「そうですか、アデルはラクールの……わたくしは訪れた事はありませんが、ラクールはわたくしのお母様の出身地でもあります。一度訪《おとず》れてみたいですね」

「そうでしたね。王妃様《おうひさま》はラクールの姫君《ひめぎみ》だったと……」

南西のラクール神聖国。四大国の中では最も歴史が古い国だ。

その源流は聖王国時代の聖王国そのものであり、聖王国からいくつもの国が分裂《ぶんれつ》し争いを繰《く》り広げていく中で、分裂された側の聖王国の行きついた先が、現在のラクール神聖国となっている。

ゆえに一番歴史が古く、国の権威《けんい》も一番あるだろう。

それでもこの世界で一番の権威の象徴は聖塔《せいとう》教団だが。

ユーフィニア姫の母親であるウェンディール王妃は、そのラクール神聖国から迎《むか》え入れた姫君だったというのは、時を遡る前からアデルも知っていた。

そしてユーフィニア姫が小さい頃《ころ》に、亡くなってしまっているという事も。

「こう言っては失礼かもしれませんが……アデルはどことなく、お母様に似た面影がある ような気がするのです。お父様も同じ事を仰《おっしゃ》っていました」

「そうなのですか？　ですが、私のような無作法者がそのような——畏《おそ》れ多い事です」

「ふふっ。そうですね、ですがお母様も結構気は強かったですよ？　流石にアデルほど勇ましくはありませんでしたが……ひょっとしたら、遠い親戚《しんせき》のようなものかも知れませんね？」

「滅相《めっそう》も無い、私の様な下賤《げせん》の者が一国の姫君である王妃様となど……」

「ですが、アデルは『気』の術法の使い手でしょう？　ラクールの王族は聖王国初代王の末裔《まつえい》ですから……遠い遠いご先祖の頃には、関係があったかも知れませんよ？」

「な、なるほど……規模の大きなお話です」

ユーフィニア姫がそう言うのであれば、それを否定するものではないが。

読書が好きで歴史や物語も好きなユーフィニア姫は、こういった考察も好きである。

深く物事を考え、様々な想像を巡《めぐ》らせるその気質には、学者としての素質もありそうである。

「ですが、『気』の術法と血縁《けつえん》が関係するのでしょうか……？　私にはよく分かりませんが」

アデルがそう尋《たず》ねると、ユーフィニア姫は思案顔になる。

「そうですね。簡単に血と共に受け継《つ》がれるのであれば、存在すら疑われる、歴史の中だけの幻《まぼろし》の術法などとは言われないはず……アデルはどのように『気』の術法を身に付けたのですか？」

「それは――」

ありのままを言葉にするのは憚《はばか》られる。

大きくなってアスタール孤児院を飛び出したアデルだが、生きて行くためには、質の悪い連中を相手に危ない橋を渡《わた》らねばならない事も多く――

そういった連中との諍いの中で、ナヴァラの移動式コロシアムに囚われる事になってしまった。

その時はただ鼻っ柱が強いだけの、特に戦士としての力も持たない素人《しろうと》だった。

マッシュに面倒《めんどう》を見て貰《もら》い、生き残るために少しずつ戦う術を身に付けていったのだが、途中《とちゆう》でマッシュは亡《な》くなり、アデルは他の奴隷達《どれいたち》と同じように人体実験を受けた。

アデルに施《ほどこ》されたのは、人間の自然治癒力《ちゆりよく》を高める改造で、その高まった治癒能力を試《ため》すために目を潰された。

結果、視力は回復せずそれ以来アデルは光を失った。

普通《ふつう》の怪我などの回復速度は、確かに尋常《じんじよう》では無い程高まっていたが。

盲目《もうもく》になったからとは言え、剣闘士奴隷《けんとうしどれい》として戦わせる事が無くなるわけではなく、アデルは目が見えないながらも、生き残ろうと必死に戦った。

見えない敵の存在を感じ取り、どう動いているか分からない体を何とか操ろうと足掻《あが》いているうちに、アデルは自分自身に宿る目に見えない力の存在に気が付いた。

それが、人自身の神滓《アニマ》である『気』だった。

恐《おそ》らくは、人間の怪我を治す自然治癒力にも『気』の影響があるであろう事。

そして目が見えなくなってしまった事。

そのどちらもが影響して、アデルは『気』の術法に覚醒《かくせい》するに至ったと思う。

実験により高まった自然治癒力は『気』を高める事に近く、そしてそれを盲目になった事によって、目に見えない物に対しては逆に鋭《するど》くなった感性が拾い上げたのだ。

いざ『気』の存在と利用法に気づいてしまえば、それは時を遡《さかのぼ》った後でも有効であり、この女性の体になった後でもすぐに『気』の術法を使うことが出来た。

自然治癒力を高める人体実験の効果も無くなっているため、多少の負傷は物ともせず正面突破《とっぱ》する黒い鎧《よろい》の剣聖《けんせい》アデルの戦い方は、もう難しくなってしまったが。

あの頃は腕《うで》が一本折れたくらいなら、ものの一時間もすれば治っていた。

だがあれ程の治癒能力は、恐らく己《おのれ》の寿命《じゅみょう》を前借りしているようなもの。

あのまま生き続けていれば、アデルの命も長くなかっただろう。

今の体にはそのような懸念《けねん》は無用だ。ユーフィニア姫の幸せな人生をこの目で見届ける事が出来るだろう。

ともあれ、これらをそのままユーフィニア姫に語る事は出来ない。

「師匠《ししょう》に付き、修練をしているうちに自然と……ですが師匠が『気』の術法を使えたわけではありません」

「なるほど……血筋ではなく、アデルにだけは特別な才能が……？」

「いずれにせよ、私の力は姫様《ひめさま》にお仕えするために存在しているもの。この剣は姫様の剣そのものです。如何様にもお使い下さい」

アデルは火蜥蜴《サラマンダーテイル》の尾の柄《つか》に触《ふ》れつつ、そう述べる。

「責任重大……ですね。あなた程の力は、この世界と人々のため、善き事のために使われるべきもの。何が善き事なのか、わたくしが判断を任されるのですから――」

「ご、ご迷惑《めいわく》でしょうか……？」

「いえ、そんな事はありませんよ。わたくしも、クレア先生や駐留《ちゆうりゆう》聖女の皆様方《みなさまがた》からあなたは特別だとよく言われますから……仲間が出来たようで嬉《うれ》しいです」

「姫様……！」

やはり幼くともユーフィニア姫はユーフィニア姫だ。

その人としての大きな器と慈愛《じあい》に満ちた心で、アデルの事を受け入れてくれるのだ。

と、大通りの方が何やら騒《さわ》がしいのが耳に入る。

「おお……神獣様がお戯《たわむ》れになっているぞ……！」

「まあ、何て神々《こうごう》しいのかしら――」

「可愛《かわい》い～♪」

見ると外に出て上空を散歩していたはずのペガサスが、アデル達《たち》のテーブルの近くで寝《ね》転《ころ》がっていた。

何のつもりかは分からないが、地面をころころ転がったりして、観衆達に愛想《あいそ》を振りまいているように見える。

集まった人々の中には男性もいれば子連れの女性もいる。

ペガサスが嫌《きら》う種類の人間達相手にそんな事をしているのは謎《なぞ》だ。

だがペガサスの存在自体が奇行《きこう》だと言えるので、多少の奇行では驚かないし、相手にするだけ時間が勿体ないだろう。

「アデル、アデル……」

「は。何でございましょう？　姫様」

「その、足下《あしもと》の方が――少しお行儀《ぎょうぎ》が悪いです」

「こ、これは失礼を……！」

いつの間にか、アデルの両脚《りょうあし》は大きく開いてしまっていた。

最初は気を付けてちゃんと脚を閉じて座《すわ》っていたのだが、話に夢中になっているとついそちらが疎かになってしまう。

男性の体だった自分にとって、自然な姿勢に戻《もど》ってしまうのだ。

「……これで如何《いかが》でしょう？」

胸を張り姿勢を正し、脚も揃えて座り直した。

「はい。綺麗《きれい》ですよ」

ユーフィニア姫のお墨付《すみつ》きを得たが、同時にペガサスが素早《すばや》く身を起こした。

『おいコラてめぇら！　こちとら見せモンじゃねえんだよ！　散れ散れっ！　臭せえんだよ雑魚《ざこ》共が！』

暴言。そして威嚇《いかく》。

聖女の資質を持つ者にしか神獣の声は聞こえないので、大した問題では無いが。

むしろこのペガサスとしては、これが自然な姿であるとも言える。

そして──なぜ急におかしな行動をしていたのかも理解した。

あれは集まった皆《みな》に愛想を振り撒《ま》くふりをしつつ、低い位置からアデルの開いた脚を凝《ぎょう》視《し》していたのだ。

「貴様が散れっ！」

火蜥蜴《サラマンダーテイル》の尾を鞭《むち》のように伸《の》ばし、観衆を威嚇するペガサスの首に巻き付けて引き摺《ず》り倒《たお》す。

『ごおおぉぉっ⁉』

別にアデル自身は、股《また》を開いている所を見られても大して気にならないのだが、同じ事をユーフィニア姫やメルルにするのは頂けない。

ここは自分が、きっちり矯正《きょうせい》しなければならない。クレアともそういう話をした。

「貴様、何をしていたか言ってみろ……！」

上からペガサスを踏みつけ、睨《にら》みつける。

『い、いいアングルだアデルちゃん！　できればもうちょっと足を上げて頂いて……！

ムチムチした尻《しり》から太腿《ふともも》のラインがたまらねえ……！』

「少しは反省をしろ……！」

「おおおっ⁉　聖女様が……⁉」

「神獣様を折檻《せっかん》している⁉」

「ご、ご乱心か……っ⁉　ど、どうすればいい⁉」

それを見た観衆達が、慌《あわ》てふためいている。

『やれやれ、騒がしい聖女と神獣だな』

ケルベロスは二つ目のプリンの大皿に鼻を突っ込《こ》みながら、呆《あき》れたように呟《つぶや》く。

「げ、元気がいいですねえ、二人とも……」

『お互いに、主と神獣を取り換《か》えた方が平穏《へいおん》そうではあるな』

「あはは……でも、プリンさんはアデルの事がお好きでしょう?」

『我をその名で呼ぶな。まあ、我が聖女の誰《だれ》よりも勇ましい所は好ましくある。我も人の世界にありて腕を磨《みが》きたいと思っていたからな』

「でしたら……アデルが変な目で見られてしまいますので、止めて頂けますか?」

『仕方あるまいな』

ケルベロスはアデル達に近づき、ペガサスを踏みつけているアデルの首元を咥《くわ》えてひょいと持ち上げる。

『やめておけ、アデルよ。奇異《きい》な目で見られているぞ』

「む……!? そ、そうか……?」

「ペガさんも、アデルを怒《おこ》らせるような事をしてはいけませんよ?」

ユーフィニア姫がペガサスに近づいて、優《やさ》しく諭《さと》している。

『はーい! 分かりましたっ!』

返事だけはいい事だ。絶対嘘《うそ》である。

「……姫様。少し人も集まり過ぎてしまいましたし、そろそろここを出ましょう」

「ええ、そうですね」

そして会計を済ませ大通りに出ると、ユーフィニア姫は再びアデルの手を取った。

「さあ行きましょう、アデル……！　次のお店はこっちです……！」

「え、ええと……まだお戻りにならないのですか？　あと何軒《なんけん》ほど……？」

「ふふっ。分かりません。アデルの元気が出るまでです」

　ユーフィニア姫はたおやか、かつ少しだけ悪戯《いたずら》っぽい笑《え》みを見せる。

「ひ、姫様……」

　ユーフィニア姫は自分が行ってみたかったというのもあるだろうが、それ以上にアデルを元気づけようとして誘《さそ》い出してくれたのだ。

　先程《さきほど》はアデルの様子がおかしい事を察して話を聞いてくれようとしたが、アデルが口を割らないものだから、せめて別の方法で――と言うわけだ。

　ユーフィニア姫は器が広く慈愛に満ち、清廉《せいれん》で賢《かしこ》いが、自分がこうだと決めた事は譲《ゆず》らない頑固《がんこ》さも持ち合わせている。

　何せ聖塔教団の人間に啖呵《たんか》を切ってまで、ナヴァラの移動式コロシアムからアデルを救い出してくれたほどだ。いざとなったら押《お》しは強いのだ。

　今は何としても自分がアデルの支えになるんだ、と決めて、手を尽《つ》くそうとしてくれているのだ。まだ幼くても、ユーフィニア姫はユーフィニア姫である。

　本当のことを語れないのは心苦しいが、その真心は伝わり過ぎるくらいに伝わった。

感動で胸が震《ふる》え、目に涙《なみだ》が滲《にじ》んで前が見えない。

「わたくしに出来る事はこのくらいですから……さあ、行きましょう?」

「うぅ……姫様ぁぁぁ……どこまでもお供致《いた》します……!」

アデルはユーフィニア姫に手を引かれて、再び大通りを歩き始めた。

そして他の紅茶の美味しい店や、ユーフィニア姫の好きそうな古書の並んだ本屋、服や装飾品《そうしょくひん》の店も見て回り、滞在《たいざい》している宿に戻った頃にはすっかり夜になっていた。

「すっかり遅《おそ》くなってしまいましたね、姫様」

「ええ。明日からはまた療養所《りょうようじょ》のお手伝いの方を頑《がん》張りま……」

ふらり、とユーフィニア姫の足下が揺れた。

「姫様っ!」

倒れそうになる前に、アデルはユーフィニア姫を抱《だ》き止《と》める。

そこで気が付いた。

熱い——

「す、済みません、ありがとうございます。アデル……」

「いえ! 少々失礼致します」

畏れ多いが、アデルはユーフィニア姫の額に手を当てる。

やはり間違《まちが》いない、かなりの熱だ。

「……！　姫様、凄《すご》い熱です……！」

「あ、そ、そうですか……？　済みません、気が付きませんでした」

「と、ともかくすぐにお休みを！」

アデルはユーフィニア姫を抱きかかえて宿に戻ると、すぐにベッドに寝《ね》かせた。

そして医者を呼びに行き、ユーフィニア姫を診《み》て貰った。

医者はトリスタン達が療養《りょうよう》する療養所にいるため、探すのに苦労する事は無かった。

「先生、教えて下さい！　姫様は……姫様はどうなってしまうのです⁉　一体どうすれば良くなるのです⁉」

アデルはユーフィニア姫を診察《しんさつ》してくれた医者にせっつく。

「お、落ち着いて下さい……！　そんなに取り乱さなくとも、大丈夫です。恐らく過労でしょうね。気が張り詰《つ》めて無理をなさっていたのかと……栄養のあるものを食べて、数日安静にしていれば元気になられると思います」

医者はベッドで眠《ねむ》っているユーフィニア姫の方を見ながら言う。

「過労……ああ姫様、私がいらぬ心配をかけさせてしまったために……！　申し訳ございません！　申し訳ございませんッ！」

元々ユーフィニア姫にとって初めて未開領域に足を踏み入れる機会であり、聖塔の修復という大任を負い、更にはマルカ共和国軍との共同戦線に、危地に陥ったトーラスト帝国《ていこく》軍の救援《きゅうえん》、更にはシィデルの街での療養所の設置。

目まぐるしい事態の変化の矢面《やおもて》にユーフィニア姫は立ち続けていた。

想像以上に緊張《きんちょう》し、疲《つか》れていたはずだ。

その上アデルを元気づけようとして、街遊びに連れ出してもくれた。

せめてアデルが余計な心配をかけずに、早くユーフィニア姫に休んで貰っていたら、こんな事にはならなかったかも知れないのに――

ユーフィニア姫がアデルの事を心配し、手を差し伸べてくれる事に甘《あま》えて、ユーフィニア姫の身を慮《おもんぱか》る事を怠《おこた》っていた。

これは護衛騎士《きし》失格とも言える失態だ。

「お静かに……！　眠られているのですから、起こしてはいけません」

「こ、これは失礼を致しました」

「看病をするあなたがそんなに取り乱してはいけませんよ？　落ち着いて、様子を見て居てあげて下さい。すぐに良くなりますから、安心して下さい」

そう言い置いて医者は帰って行き、アデルはユーフィニア姫の看病をする事にした。

ユーフィニア姫が良くなるまで、一睡《いっすい》もしない覚悟《かくご》だ。

清潔な布と冷たい水を用意して、ユーフィニア姫の額に載《の》せて冷やす。

それが温《ぬる》くなると再び水に漬《つ》けて冷やして――と、それを繰り返す。

ユーフィニア姫がいつ起きてもいいように、果物も用意しておいた。

練習がてら自分で林檎《りんご》を一つナイフで剥《む》き、食べてみたが、問題なく剥けた。

時を遡る前にはした事が無かったが、これでも剣聖と呼ばれた身、刃物《やいばもの》の扱いは造作も無かった。

そんな調子で時を過ごし、汗《あせ》ばんだユーフィニア姫の額を拭いていると――

大きな瞳《ひとみ》がうっすらと開いて、アデルのほうを見つめて来た。

「あ……？　お、お母様……？」

「い、いえ……姫様、私です。アデルです」

「ご、ごめんなさい……そうですよね。見間違《みまちが》えてしまいました」

「何も謝《あやま》る事はございません。お気になさらず」

確かに似た面影《おもかげ》があるとは言っていたが――

いくら熱でうなされているとはいえ、見間違えるほど亡き王妃とアデルは似ているのだろうか？

「それよりも、申し訳ございませんでした……！　私は姫様の体調を気遣《きづか》う事も出来ず……！」

「いえ、そんな――気にしないで下さい？　わたくしがしたい事をしただけですから。アデルも、わたくしにはしたい事をしろと言って下さったでしょう？」

「はい。それを万難《ばんなん》を排《はい》してお支えするのが護衛騎士の役目。ですが私は……護衛騎士失格と言われても仕方がありません」

「そんな事はありませんよ？　あなたはわたくしの自慢《じまん》の護衛騎士です」

その微笑《ほほえ》みが、心に温かく染《し》み渡る。

「姫様……！　せ、せめて私に出来る事は何でも致します！　何なりとお申し付けください！　そうだ、果物を用意しておりますので、お剥き致しましょうか⁉」

「あ、いえ……でしたらそれよりも一つお願いしたい事があるのですが……」

ユーフィニア姫は上目遣《うわめづか》いに、じっとアデルを見つめてくる。

「はい、何なりと！」

アデルは気合いを入れて、こくこくと頷《うなず》いた。

そして、それから数時間が経《た》った真夜中――

すぅ……すぅ――

規則正しい寝息《ねいき》が、すぐ目の前から聞こえて来る。

まだ熱っぽい感じは伝わって来るが、よく眠れているのは良かった。

アデルとしては、畏れ多いやら謎の罪悪感を感じるやらで、全く落ち着いていられないが。

まさか自分がユーフィニア姫《ひめ》と共寝《ともね》しているとは、時を遡る前は夢にも思わなかった。

ユーフィニア姫がアデルに言ったお願いとは、一緒に添《そ》い寝《ね》をして欲《ほ》しいというものだった。

無論主の願いであるため断らないが、精神は紛《まぎ》れもなく男性である自分がこんな事をしているとは、死にも値する大罪なのではないだろうか。

体は女性のため、問題視されないのかも知れないが、どういっていいのか分からない問題である。これでいいのだろうか？

「ん……うぅ……」

そんなアデルの内心を知るはずも無く、ユーフィニア姫はころんと寝返《ねがえ》りを打つ。

もしかしたら――

こう言ってはとても失礼なのだが、寝相《ねぞう》はあまり良くないかも知れない。

こちら側に転がってきて、アデルの胸元《むなもと》に顔を埋《う》めるような形になった。

「ひ、姫様……その、少々……」

くすぐったいので少し身を放そうとするが、逆にぎゅっと抱き着かれてしまい逃《に》げ場《ば》が無くなってしまう。

アデルをぬいぐるみか何かと勘違《かんちが》いしているのかも知れない。

ユーフィニア姫は、普段《ふだん》眠《ねむ》る時ぬいぐるみを抱く癖《くせ》があるのだろうか？

そこは知らないので、今度メルルに聞いてみようと思う。

が、とりあえずは今この状況《じょうきょう》をどう抜《ぬ》け出そう？

「お母様……懐《なつ》かしい……」

「姫様……？」

返事はない。夢現《ゆめうつつ》の独り言だろうが――

ユーフィニア姫は、アデルを通して亡き王妃を見ているのだろうか？

似た面影があるとは言っていたが。

「……」

いくら聡明《そうめい》で慈愛に満ち、王族としての気品も持ち合わせているとはいえ、ユーフィニア姫はまだ十歳《さい》だ。

体調を崩《くず》し弱気になれば、母親に甘えたくなってしまうのも仕方のない事だろう。

だがそれは、既《すで》に母である王妃を亡くしてしまっているユーフィニア姫には叶《かな》わない願いでもある。

アデルが少しでもその代わりになるのなら――それでいいだろう。

元々は男だからどうだとか、そんな事は些細《ささい》な話だ。

自分がユーフィニア姫の支えになれるのなら、本望《ほんもう》である。

しかし女性の体がこんな事にも役立つとは、分からないものだ。

だが、時を遡る前より、ユーフィニア姫の心に近づけた気はする。

それは、忠誠を捧《ささ》げる身としては嬉しい事だ。

アデルは覚悟を決め、ユーフィニア姫の為すがままにしてそのまま見守った。

朝が来て、外から鳥の鳴く声が聞こえて来る頃――

ユーフィニア姫は、ぱちりと目を覚ましてアデルの方を見た。

「……！　わ、わたくしずっとアデルに抱き着いて……？　ご、ごめんなさい……！」

「何も謝る事など御座《ござ》いません。よくお眠りになられましたか？　姫様」

アデルはユーフィニア姫に微笑みかける。

「ええ、とても……！　いい夢を見られました」

ユーフィニア姫は世にも可愛らしい、天使のような微笑みを返してくれた。

第4章◆メルル・セディス

それは、アデルとユーフィニア姫が街の中心部にあるセディス家を訪《おとず》れる直前の事。

メルルは父であるウォルフ・セディスの前にいた。

「…………」

どうしても、メルルはこの父親が苦手だ。

身に纏《まと》う刃《やいば》のような鋭さと威圧《いあつ》感が怖《おそ》ろしい。

それは父と言う存在を始めて認識《にんしき》した頃から、ユーフィニア姫の護衛騎士となった今でも変わりはない。

だが自分から来ておいて、何も言わないわけには行かない。

「あ、あの……！　お父様、ユーフィニア姫様に力を貸して頂いてありがとうございます……！　おかげでトーラストのトリスタン殿下《でんか》も助かりそうですし、姫様も喜んで下さると思います……！　それにあの鎧の術具の修復も手配して貰って……！」

未開領域でペガサスが浄化《じょうか》した首なし騎士《デュラハン》の鎧は、良く調べてみると元々は神滓結晶《アニマけっしょう》を核《かく》とした貴術具だという事だった。

神滓結晶《アニマ》とは神獣《しんじゅう》がその命を終える時に遺《のこ》す残滓《ざんし》。

それをむざむざ破壊《はかい》するのは忍《しの》びないという事で、未開領域から持ち帰り、セディス家の伝手《つて》で修復を行って貰う事になっている。

アデルは修復だけではなく、念入りに消毒と清掃《せいそう》を行ってくれと強く願っていたが。

どうもアデルは神獣であるペガサスを汚《きたな》いもののように扱う傾向《けいこう》があるが、それはメルルには理解できない。

ユーフィニア姫だけでなく自分にもよく懐いてくれて、可愛いのだが。

ともあれ深く頭を下げるメルルに、ウォルフはにべもない。

「それはいい。それよりもお前の王宮での働きはどうなのだ？」

眉《まゆ》一つ動かさず、そう問いかけて来る。

「は、はい……！　ユーフィニア姫の護衛騎士にして頂いて、姫様には凄く良くして頂いています。護衛騎士の同僚《どうりょう》にもあたしと年の近い子がいて、仲良くして貰っ――」

パァン！

最後まで言わせて貰えなかったのは、ウォルフの手の甲《こう》がメルルの頬を張ったからだ。鍛《きた》えているメルルが思わずふらついて膝《ひざ》をついてしまう程《ほど》の勢いだった。

「……」

口の中に血の味が広がる。だが別に、驚《おどろ》きはない。

セディス家で育つという事は、そう言う事だから。

むしろ懐かしささえ感じる程だ。

「そんな事はどうでもいい。お前を王城にやったのは、子守《こも》りのためでも女同士で茶会を楽しむためでもない。分かっているな？」

「は、はい……お父様」

メルルが王城仕えに出されたのは、セディス家に貴族や騎士としての格を取り込むためだ。格を取り込むとは、即《すなわ》ち血の繋《つな》がりを持つ事。

父ウォルフの世俗《せぞく》の権力への渇望《かつぼう》は凄《すさ》まじい。

幼い頃から、メルルもそれは分かっている。

自分はそのための道具として育てられた。

いや、その表現も相応しくないかも知れない。

育てたと言うよりも選別され、そしてそれが女だったため、このような利用のされ方を

している――そう表現する方が正しいだろう。

「王の後妻、ユリアン王子の妃《きさき》……そうでなくとも、それなりの格の貴族であれば構わん。どんな手を使っても篭絡《ろうらく》し、さっさと子を孕《はら》んで来い。邪魔者《じやまもの》がいれば消せ。多少の事はこちらで手を回して揉《も》み消してやる」

ユリアン王子は、ユーフィニア姫の兄王子だ。

現在の王か、次に国を継ぐユリアン王子に取り入る事ができれば――

セディス家としては、王家に連なる血を手にすることが出来るわけだ。

「わ、分かりました……申し訳ありません」

今回は仕方が無かったとはいえ、これだから実家に戻るのは気が進まない。

自分がどういう人間で、何のために王城に入り込んでいるのか。

それを突《つ》きつけられる。現実に引き戻されてしまう。

ユーフィニア姫の護衛騎士として仕える時間と環境《かんきよう》は夢のように穏《おだ》やかで、心休まる幸せな時間なのだが――それは自分に許されていいものではないのだ。

と、扉《とびら》がノックされ、入って来たのはメルルにとって腹違《はらちが》いの兄、ダンケルだった。

「父上。ユーフィニア姫がこちらにお越《こ》しになられました……！　父上にお会いし、今回の事のお礼を仰りたいとの事です！」

「そうか。丁重《ていちょう》にお迎えし、お通ししろ。メルル、お前は外せ。時間があれば地下の様子でも見てやるといい」

「……！　はい、分かりました……まだ、物資の手配なんかで色々いかなきゃいけない所がありますから、その後で――」

「ああ、行け」

メルルはユーフィニア姫やアデルとは顔を合わせないように、屋敷《やしき》を出た。

別に会うなとは言われていないが――今顔を合わせてしまうと、普段《ふだん》の調子が出せず、心配をかけてしまいそうだから。

いや、そもそも普段の調子とは何だろう？

セディス家を、このシィデルの街を出るまでは、これが普通だったのだ。

父の存在に怯《おび》え、置かれた環境の為《な》すがままに、それ以外ないと思っていた。

元々そうなのだから、ユーフィニア姫のもとにいる自分の方が不自然ではないのか――

考え出すと、よく分からない。

ともあれメルルは、用件を済ませに向かった。

◆◇◆

セディス家地下。

そこには地下室と言うには広過ぎる、広大な空間が用意されている。

ひょっとしたら、地上の屋敷部分よりも広いかも知れない。

そこでは――

「「うおおおぉぉぉぉおっ！」」

「「あああああぁぁぁぁあっ！」」

ユーフィニア姫と年齢《ねんれい》の変わらないような子供達が、武器を手に斬《き》り合《あ》いを演じている。

単なる稽古《けいこ》という雰囲気《ふんいき》ではなく、もっと切実な、鬼気迫《ききせま》るような雰囲気だ。

それもそのはず。あの子供達は相手に勝たねば、食事を与《あた》えられない。

生き残るために必死なのだ。

今戦っている場所や寝床《ねどこ》まで、全て鉄柵《てつさく》に覆《おお》われて逃げ出せないようになっており、命を繋ぐためには戦って勝つしかない。そういう環境だ。

無論付いていけずに脱落《だつらく》する者もいるが、そういう者は飢《う》えて死ぬだけ。

子供同士の戦いで傷ついて命を落とす者もいたが、それは弱い者が悪い――

そう教《おし》え込まれ、メルルもかつてはこの鉄柵の内側にいた。

腹違いの兄であるダンケルもそうだ。

この内側にいる子供達《たち》も皆、母親は違《ちが》えどメルルの兄弟《きょうだい》のはずである。

こんな環境に子供を置けば当然大量に亡くなるが、それを反省するのではなく、ならば元々の数を増やせばいいとするのが父、ウォルフ・セディスである。

常に何人もの女を囲って子を産ませ、それを手元に引き取っているのだ。

だから、メルルには数えきれない程の兄弟がいる。

ダンケルに聞いたが、百《こ》を超えているかも知れないとの事だ。

だがまともに外に出て生きていけているのは、その十分の一にも満たないだろう。

特に優秀《ゆうしゅう》で、性格も表の仕事向きのダンケルは片腕《かたうで》としてウォルフの手元に残され、女だったメルルは、貴族の血を引き込むために王城仕えに出された。

他にも王城仕えに出た者もいるし、裏の世界の暗殺者や、傭兵《ようへい》として外に出された者もいるらしい。裏の世界ではセディス産の戦士は優秀だと、噂《うわさ》になっているとも聞いた。

他の兄弟たちの消息についてはメルルはそれ程多くは知らないが、全てはウォルフの欲《ほっ》する世俗の権勢をセディス家にもたらすため。

その道具として、厳しく育てられた――と言うよりも、過剰《かじょう》なまでのふるいにかけられて生き残った兄弟達だ。

獅子《しし》は我《わ》が子を千尋《せんじん》の谷に突き落とすと言うが、ウォルフの行いはまさにそれである。

「…………」

今、柵《さく》の内側にいるあの子達の何人が生き残って、外に出られるのだろう？

自分はそれを知っていながらも、何も出来ないのだろうか。

いや出来たとしても、何をするのが正しいのだろう？

ウォルフを止める？

だが言って聞いてもらえるとは思えないし、力に訴《うった》えたとしてもウォルフを止められるとは思えない。

ウォルフの戦士としての力は、それ程のものなのだ。

自分自身が強くなって、相手の力量を推《お》し測《はか》れる『眼』を身に付けると余計にそれがよく分かる。一対一ならあのアデルだって危険だ。

メルルはそれまで、自分と同じ年頃《としごろ》の女の子で自分より強い人間はいないと思っていたが、アデルはまさにそれだった。世の中は広い、と思わされる。

だがそのアデルをもってしても――だ。

それ程の力量を持ちながら、若い頃《ころ》のウォルフは出身や家柄《いえがら》等の問題で、あり余る野心を満たすだけのものを手にする事が出来なかったようだ。

その挫折《ざせつ》が、今の行動に繋がっている――

そのような事を、ダンケルが言っていたように思う。

「メルル……！　父上の言いつけ通り訓練を手伝いに来てくれたのか？」

そのダンケルが、鉄柵の内側からメルルに声をかけて来た。

訓練と言うには余りにも過酷《かこく》な訓練だが、それを指揮する教官役も何人かおり、ダンケルもその一人だ。

「兄さん……！　いえ、あたしは様子を見に来ただけで――」

「そうか？　おい、どうしたんだ……？　顔色が悪いぞ？」

ダンケルが心配そうに覗《のぞ》き込んで来る。

こんな事に手を貸してはいるが、メルルに対して兄としての親愛の情をダンケルは持ち合わせている。父ウォルフに比べれば、人間味があると言えるだろう。

これを止められない自分も、罪深さは大して変わらない。

ダンケルの事を悪く言える筋合いも無い。

「う、ううん……何でもないよ、兄さん。あの……差し入れ持って来たの。あの子達に食べさせてあげていい？」

メルルは両手に大きな袋《ふくろ》を持って来ていた。

中はパンやお菓子《かし》の類で満杯《まんぱい》になっている。

ここで多くの子供たちが過酷な修練を強《し》いられているのは分かっていたから、用意して来たのだ。

「メルル……そんな事をしても、あの子達の状況は何も変わらないぞ？　下手な情けは、あの子達にとってもその後が辛《つら》くなるだけだ。あの子達は戦って生き残るしかないんだ。俺達《おれたち》と同じように――」

ダンケルは困ったような顔をして、メルルを諭して来る。

それはその通りだろう。何をしてもそれはその場の一時しのぎにしかならない。

むしろ、子供達ではなく自分の方が満足するための偽善《ぎぜん》に過ぎないだろう。

だがそれでも――何かせずにはいられないのだ。

「それでも……！　それでも何かしてあげたいの……！　お願い、兄さん！」

必死の様子のメルルに、ダンケルの方が折れる。

「わ、分かったよメルル……今回だけだぞ？　さあ入って」

ダンケルが鉄柵の扉を開けて、中にメルルを入れてくれる。

どんな顔をするのが正解か分からないので、メルルは努めて明るく、子供達に呼びかけた。暗くなっても仕方がない。なら少しでも明るく――と思ったのだ。

「はいはい、みんな！　ちょっと手を止めて～！　ほら、食べ物を持って来たから、休憩《きゅうけい》して食べていいよ！」

メルルが呼びかけても、生き抜く事に必死で獣《けもの》のような目つきをした子供達は、訝《いぶか》しんで首を捻《ひね》るばかりだ。

「……今日だけは特別だ！　食べさせて貰《もら》ってもいい、後で罰《ばつ》があるわけじゃないぞ」

とダンケルが言うと、子供達のメルルを見る目は警戒《けいかい》から少し期待するものに変わったが、それでも喜んで飛びついてくるような、普通《ふつう》の子供のような反応は無い。

期待しつつも疑いは晴れないし、罰を与えないと言うのも嘘かも知れない。

訓練と言う名のそんな理不尽《りふじん》は、山ほど経験しているからだ。

だからメルルは、自分から子供達にパンやお菓子を手渡《てわた》しして行った。

それでもお互《たが》いに警戒して、お見合いをするような雰囲気の中――

「はい、どうぞ。食べていいからね？　大丈夫《だいじょうぶ》だよ？」

背の低い痩《や》せた男の子にパンを手渡すと、その子は脇目《わきめ》も振《ふ》らずパンに噛《かぶ》り付いた。

「お……！」

それを見て他の子達も、ぽつぽつと食べ始めてくれた様子だ。

「よかった、食べてくれて……美味《おい》しい？」

メルルはその子に話しかける。頭を撫《な》でても怒られないだろうか？

「うん……もう何日も食べてないから――」

「……！　そ、そう……」

呑気《のんき》にこの子の頭など撫でている場合ではない。

ここはそう言う場所ではない。

「君……名前は？」

「トラッド……」

この少年、トラッドの体つきは細く、他の子に比べて明らかに小さい。

それは元々小柄《こがら》という事もあるだろうが――

日々の試合で勝たねば食事が貰えないという厳しい状況で勝てず、栄養状態が極《きわ》めて悪いのだ。

こうなってしまっては、その子の未来がどうなるか。それをメルルは知っている。

恐《おそ》らくトラッドは、生きてこの地下を出る事は――

試合をする側も手を抜いていると見抜《みぬ》かれれば食事にありつけない上に罰として鞭や棒で叩《たた》かれるので、手は抜けない。

誰しもが生き残るのに必死なのだ。

「……もう、ない――？」

あっという間に食べ終えたトラッドが、縋《すが》るようにメルルを見る。

「ご、ごめん……もう全部配っちゃって……今度はもっといっぱい持って――」

と、メルルとトラッドの間に割《わ》り込んで来る子がいた。

トラッドよりかなり体が大きく、姿勢や佇《たたず》まいも戦士のそれを身に付けつつあるような子だった。

「……やるよ、食え」

その子はぶっきらぼうに、自分の分のパンをトラッドに押し付けた。

「……！　あ、ありがとう……！」

「フン。マズいからいらねえだけだ」

こんな環境でそれを見せる事は禁じられているけれど、お互いを思いやる心が無いわけではない――

この体の大きな子の行動が、それを如実《にょじつ》に物語っていた。

そしてそれはメルルにとって、とても眩《まぶ》しかった。

「なによ～。せっかく買ってきたのに」

言いながら思わず、二人を抱きしめてしまう。

「……！　な、何だよ姉ちゃん……⁉」

「ごめんね……こんな事しか出来なくて──頑張《がんば》って……頑張って生きてね……」

涙を堪《こら》えるのに必死だった。泣いてもこの子達《たち》を困らせるだけなのに。

自分がこの子達の立場の時はあまり思わなかったのに、外から見るとダメだ。

こんな事、許されていいはずがない。

そう思うのは、きっとユーフィニア姫やアデルやマッシュ達と出会って、人と人との心《こ》地《こ》好《ち》い関係の中にいさせて貰ったからだろうか。

その後──地上の屋敷に戻《もど》ると、メルルは一緒《いっしょ》に戻って来たダンケルに問いかける。

「ねえ兄さん……あんな事、いつまで続けるの？」

「うん……？　どうしたんだメルル？」

「だって可哀想《かわいそう》だと思わないの？　このままじゃあの子達のうち何人がまともに大きくなれるか……」

「過酷な環境だって言うのは、分かるよ。だがこの世の中にとって何の権威《けんい》も持たない僕《ぼく》らがそれを手にして行くには、まずは圧倒的《あっとうてき》な実力が必要だという事は間違っていないんじゃないか？　何も無駄《むだ》にやっているわけじゃないだろ？」

「だけど……！　それってあの子達が望んだ事なの？　本当にそれが正しいの？」

「……正しいか正しくないかを決めるのは結果だよ、メルル。僕らはそれを生き抜いて来た。生き抜いてしまった……だったら、出来る事は生き抜けなかった兄弟達の分まで、結果を残す事じゃないかな？　そうでないと、報《むく》われないよ……」

メルルの問いに、ダンケルは目を伏《ふ》せて応じる。

分かってはいるが、それを止める事は自分達の存在を否定するに等しい。

だから止められない、戻れない――そう言う事なのだろう。

元々、ダンケルは優《やさ》しい性格だ。

一時期、メルルもダンケルと同時にあの地下室にいたが、ダンケルはメルルに試合でわざと負けて、お腹《なか》をすかせたメルルに食事を譲ってくれた事もある。

今は手を抜いたと見做《みな》されたら罰を受ける決まりになっているが、それはダンケルがメルルを相手にそう言う事をするので、それをさせないために出来た決まりである。

ダンケルがいなければ、メルルがここまで大きくなる事はなかったかも知れない。

「……兄さん」

それ以上は言えず、メルルも目を伏せ沈黙《ちんもく》が流れる。

その中で、メルルは胸中で考えていた。

やはり、メルルが早くウェンディール王国の重鎮《じゅうちん》を篭絡して、ウォルフの満足が行くようにした方がいいのだろう。

例えばウェンディール王家の縁戚《えんせき》と言う立場を手に入れれば、これ以上は必要ないとして、ここの子供達にも興味を失うかもしれない。

その状態でメルルがこの地下での子供の育成を止めるように願えば、聞き入れられるかも知れない。

この様子なら恐らくダンケルも、それには賛成してくれるだろう。

自分さえ、自分さえうまくやれば──

やはり自分は、この生まれ育ったセディス家の事からは逃《のが》れられない。

ユーフィニア姫も、アデルも、メルルにとても良くしてくれる。

あの地下室にいた時の事を考えると、そこは夢のような場所だ。

一緒にいると安らぎと幸せを感じる。

ただそんな中でも、時折どうしようもなく恐怖《きょうふ》感や焦燥《しょうそう》感にかられる時があった。

その感覚はメルル自身も良く分からず、王城では平民出身のメルルに対する偏見《へんけん》や差別があるから──などと誤魔化《ごまか》していたが、恐らくそうではなかった。

自分だけがこんなにも報われていて、楽しくて幸せで、一方でシィデルの街のセディス家では相変わらず、こんな事が行われている。

それを知りながら、自分だけが居心地《いごこち》の良いユーフィニア姫の護衛騎士の立場に甘んじて――その事に対する罪悪感と、自分自身に対する憤《いきどお》りだ。

今日久しぶりに地下で、自分達の時と変わらぬ光景を見て、それがはっきりした。

これを解消できない限りは、多分メルルは真の意味でユーフィニア姫の護衛騎士になる事が出来ない。それに相応《ふさわ》しい人間になれない。

アデルのように１００％ユーフィニア姫だけを見て、忠誠に全てを捧げるような人間になれない。

アデルは自分も聖女の力を、それも聖女の中でもかなり強い力を持ち、その気になれば高名な聖女として王侯《おうこう》貴族に匹敵《ひってき》するような権威を得ることが出来る。

だがそんな事には脇目も振らず、心から満足そうにユーフィニア姫の傍《かたわ》らに控《ひか》えている。

ユーフィニア姫に微笑んで貰うと感動し、叱《しか》られると本気で落ち込《こ》んで、まるで子犬のように無邪気《むじゃき》で可愛《かわい》らしいのだ。

そんな人達と並んでも、恥《は》ずかしくない自分になるためにも――

今回の事が片付いてウェンディール王城に戻ったら、ウォルフの命を果たすべく積極的に動こう。

男性の篭絡の仕方など良く分からないが――アデルに聞いても望みは薄《うす》そうだが、一応聞いて見てもいいかも知れない。

そう心に決めつつ、メルルは療養所に必要な物資調達のために、街中を駆《か》け回り続けた。

地下の子供たちへの差し入れは、毎回量を増やして毎日持っていった。

ダンケルはそれでメルルの気が済むなら、とそれを許可してくれた。

療養所の方は、順調。

そして修理を手配していた首なし騎士《デュラハン》の鎧《よろい》も、修繕《しゅうぜん》が出来そうとの事だった。

神滓結晶《アニマ》には傷が無かったのが幸いした、との事だ。

そのように、久しぶりの故郷での時間は過ぎて行った。

◆◇◆

それから二日ほど経った日の夜——

地下の様子を見に行った後、眠《ねむ》れないメルルは館の中庭に出て、一人夜空を見ていた。

そうすると館の内部、ウォルフの部屋のほうから、女性の甘い呻《うめ》き声《ごえ》のようなものが聞こえて来た。

「………」

ウォルフは常軌《じょうき》を逸《いっ》した子沢山《こだくさん》だ。

それを自分の道具にするため、女を館に引き込む事は珍《めずら》しくも無い。

だから聞き流していたが、少々気になる事があった。

事が済んだ後であろう、女性との話し声。

その女性の声に、聞き覚えがあった気がしたのだ。

だからメルルは、部屋の近くに寄《よ》って聞き耳を立ててみる。

「セディス家の御当主《ごとうしゅ》は子沢山で有名ですけれど……流石《さすが》、それだけのことはありますねえ？　ふふふ……」

「もし子が出来たのならば、言い値で引き取ろう」

「え～？　どうしましょうかねえ？　明日をも知れない過酷な人生を歩ませることになるのは、母親としてはちょっと……ねえ？」

悪戯《いたずら》っぽくウォルフをからかおうとしている緊張感《きんちょうかん》のない声は――

マルカ共和国の指揮官、アンジェラのものだった。

「それは残念だ」

「あ、でも新しい王国の王族になれるって事ですもんねえ？　だったら幸せにしてもらえるかもですねっ？」

「そちらが約束を違えなければ――な」

「勿論《もちろん》ですよお。トリスタン皇子の暗殺にご協力頂く代わりに、我々マルカがトーラストを切り取った暁《あかつき》には、その一部をウォルフさんにプレゼントしちゃいますからねえ？　わたしはこれでもオーグスト家の一員ですし、信用して頂いて結構ですよお。これから長いお付き合いになると思うからこそ、お肌《はだ》の相性《あいしょう》も確かめましたし……ねっ？」

「……自分の国を持つことは、私の長年の願いだ。感謝をする」

「お願いしますねえ。大丈夫、上手《うま》くやれるように秘密兵器もありますからねえ」

聞こえてきた内容は、聞いてはいけないような内容だった。

「……！」

トーラスト帝国《ていこく》の皇太子、トリスタンを暗殺？

それにウォルフが、セディス家が協力？

それが上手く行った暁には、トーラストの領地からセディス家の国を貰う？

いや、だがそれが行われたらウェンディールの国や、ユーフィニア姫達《ひめたち》はどうなる？

トリスタン皇子を護《まも》れなかった咎《とが》めをユーフィニア姫が受ける事になるのではないか？

下手をすれば、ユーフィニア姫に責任を擦《なす》り付けられる可能性もある。

そんな事は流石に見過ごせない。

自分はウォルフの道具、その事は認めるが、それでも――

あの可愛らしく優しくて、年下なのにメルルを包み込んでくれるような広い器を持つユーフィニア姫に、迷惑《めいわく》はかけられない。

ならば……どうする？

自分に出来る事は――今ここで、ウォルフとアンジェラを止める事だけだ。

ウォルフに反抗《はんこう》するのは恐ろしいが、殺されるかもしれないが、それでもこれはさせてはいけない……！

メルルは立ち上がって風妖精の投槍《シルフィードスピア》を呼び、強く握《にぎ》り締《し》めた。

第5章◆皇太子襲撃事件　その1

ユーフィニア姫《ひめ》が宿で療養《りょうよう》をし始めて、数日後――

コンコン。コンコン。


その日は朝から来客があり、部屋の扉がノックされた。

ユーフィニア姫が倒《たお》れてから、初めての来客ではないだろうか。

姫はまだ眠っている。起きた直後だったアデルは、姫を起こさないようにそっと扉を開いて外に出た。

「何か御用《ごよう》だろうか？」

「！　うわあああぁぁぁっ!?」

その相手はアデルを見るなり悲鳴を上げた。

「しっ……姫様《ひめさま》が眠っておられるのだ、お静かに」

「も、申し訳ありません……！」

来客の少年は、とてもばつが悪そうに目を逸《そ》らす。

顔は哀《あわ》れなくらい真っ赤になり、明らかに動揺《どうよう》している様子だ。

だがその顔には見覚えがある――

「トリスタン殿下……？　如何《いかが》なさいました？」

トーラスト帝国のトリスタン皇子だ。

重傷で療養していたはずだが、もう動けるようになったのだろうか？

「は、ははは い……！　僕……いえ私はその――」

「アデル殿《どの》……！」

と、そのトリスタンの後ろに控えていた騎士団長《きしだんちょう》のベルゼンが口を挟《はさ》む。

トリスタンに付き添《そ》ってきたのだろうが、あちらも少々ばつが悪そうだ。

「その前にその、服を着て参られい……！　これでは話が出来んだろう」

「む……？」

言われて初めて自分の格好に意識が向いた。

上下とも、完全な下着姿である。寝起《ねお》きなので仕方がないだろう。

「これは失礼。少々お待ちを」

アデルはそう言って、一度部屋の中に引っ込んで行った。

それを唖然《あぜん》と見送るトリスタンに、ベルゼンが頭を下げる。

「も、申し訳御座いません。我が国《くに》の騎士《きし》がご無礼を……！」

「い、いえ……凄《すご》い胆力《たんりょく》をお持ちの女性ですね」

トリスタン達にあんな下着姿を見られておいて、微塵《みじん》の動揺も見せていなかった。

見た側はその白い肌の滑《なめ》らかさや、肢体《したい》の艶《なま》めかしさが強烈《きょうれつ》に目に焼き付いて、暫《しばら》く忘れられそうにないのに――

「きっと護衛騎士としての己《おのれ》の使命だけを見つめておられるから、何事にも動じず、あのように泰然自若《たいぜんじじゃく》でおられるのでしょうね。未開領域で私を助けて頂いた時の姿も、とても凛々《りり》しいものでした」

「左様でしょうか……？　アデル殿の腕《うで》の方は我等も誰《だれ》しも認める所ですが、それ以外は単に少々育ちが悪いだけでは……？」

と、ベルゼンの台詞《せりふ》が終わるか終わらないかのうちに――

ガチャリ。

服を着終えたアデルは、再び扉を開いて顔を出した。

「何か？」

「い、いえ何でもありません、アデル殿」

「さ、左様！　トリスタン殿下の仰《おっしゃ》る通りですぞ」

「……そうですか。ならばご用件を伺《うかが》いましょうか？」

アデルが油断なくそう尋《たず》ねると、トリスタンは改まった様子で一礼をして見せる。

「この通り、アデル殿やユーフィニア姫様のおかげで私は一命を取り留める事が出来ました。多少は動けるようになりましたので、是非《ぜひ》直接お礼を申し上げたく、不躾《ぶしつけ》かとは思いますがこうしてお訪ねした次第《しだい》です」

丁寧《ていねい》な口調、穏やかな物腰《ものごし》。爽《さわ》やかに整った顔立ち。

これはユーフィニア姫と同じ、王族としての気品を感じる。

未来の狂皇《きょうこう》トリスタンでなければ、アデルも好感をもって接していたかも知れない。

「……姫様はまだお休みになっておられます。お話ならば私が伺いましょう」

「いやアデル殿、トリスタン殿下自らお越しになって頂いているのだ。ここは姫様をお起こしして……」

「姫様の体調はまだ優《すぐ》れません。ご無理はさせられません」

ベルゼンの提案を、アデルはぴしゃりと撥《は》ね除《の》ける。

ユーフィニア姫とトリスタンを、なるべく接触《せっしょく》させたくない。

時を遡《さかのぼ》る前のユーフィニア姫とトリスタンは婚約《こんやく》関係だったのだ。

大戦の勃発《ぼっぱつ》でそれは露《つゆ》と消えたが、その事が余計にユーフィニア姫の憂《うれ》いを深くしていたことは間違《まちが》いない。

ひょっとしたら今回の接触を契機《けいき》に、トリスタンとの婚約話が持ち上がる流れかもしれない。間違いなくユーフィニア姫はトリスタンの命の恩人なのである。

可能な限り、その流れには抗《あらが》う――――!

ここはユーフィニア姫とトリスタンを接触させない、の一手だ。

「それで結構です、アデル殿からよろしくお伝えください。ではここで話すのもユーフィニア姫様のお邪魔《じゃま》になってはいけませんし、外に出ませんか？」

「……分かりました。お供致《いた》しましょう」

姫の側を離《はな》れる事はしたくないが、途中《とちゅう》で姫が起きてしまえば接触を断《た》つ目的は果たせない。

物理的にトリスタンを姫から引き離すのはアデルとしても望む所だ。

「では姫様のお世話は、宿の者にお願いして参ります」

「……警護は私が引き受けよう。行って参られい」

「ベルゼン殿。それは助かるが――」

ユーフィニア姫の身の安全は、全てに勝る第一の優先事項《じこう》。

アデルが出なければならない以上、ベルゼンが手を貸してくれるのは有り難《がた》い。

だが、それをベルゼンから言い出す事には少々の違和感《いわかん》もある。

ここはれっきとしたウェンディール領内の街で、敵地でも何でもないのだ。

ベルゼンがそこまで警備を厳重にする必要はなし、と判断しても不思議ではない。

少々釈然《しゃくぜん》としない顔をするアデルに、ベルゼンはトリスタンから少し距離《きょり》を取り手招きする。

「アデル殿、こちらに」

「？　ベルゼン殿、何か？」

「大きな声では言えぬが……あまりこの街を王都と同じと考えぬ方が良い」

「……どういう事でしょう？」

「この街の有力者は、商家のセディス家だ。当主のウォルフ殿は、王家に対して怨《うら》みを持っているやも知れぬ……念には念を入れた方が良い」

「⁉　ウォルフ殿が……？　何があったと言うのです？」

「ウォルフ殿はかつての先王の時代、騎士として王宮に仕えていた事があるらしいのだ」

「ほう……？」

「聞いた所によると、かなりの凄腕《すごうで》だったそうだ。城の騎士達《きしたち》に誰一人《だれひとり》敵《かな》う者はおらず、神獣《しんじゅう》とさえも互角《ごかく》に戦っていたと。しかも聖域や術法の類は無しで……本人はそれを『気』の術法だと嘯《うそぶ》いていたらしい」

「なるほど……」

アデルの見たウォルフは確かに、並々ならぬ技量を備えているように思えた。『気』の術法の素養すら感じさせる佇まいだったが、本人も自覚して使いこなしていたとは──今でも恐らく、その力は健在だろう。ウォルフに面会した際は、そう感じた。

「その凄腕が、何故《なぜ》騎士《きし》をお辞《や》めになっているのです？」

「実力は確かだが、平民の出自と異様な功名心を疎《うと》まれたそうだ。無実の罪を着せられて追放されたと聞いている。当時を知らぬ私にも先輩方《せんぱいがた》からその話が伝わっているのだ。余《よ》程《ほど》ウォルフ殿の怒《いか》りは凄《すさ》まじく、当時の者達は復讐《ふくしゅう》に怯えていたのだろう」

「そして今はメルルの番……という事ですか？　今も昔も、ウェンディールの騎士団は変わらぬようです」

「いや、彼女《かのじょ》の事は私が指示しているわけではないが……ただ、今の話も私は知っている故、警戒はせぬわけには行かない」

「私はどうなのです？　メルル以上に得体が知れぬと思いますが？」

「君は護衛騎士だが、れっきとした聖女だろう？　聖女殿を疑うなど畏《おそ》れ多い事だ。むしろ君がいてくれる事で、私の懸《け》念《ねん》も減ると思っている。今こうして忠告しているのが何よりの証拠《しょうこ》だと思って欲《ほ》しい」

ベルゼンは真面目な顔をしてそう言う。

聖女の社会的な地位は高い。王国貴族に並ぶか、それ以上だ。

家柄が云々《うんぬん》と言う話は聖女には当て嵌《は》まらず、その出自がどうあろうとも聖女としての力があればそれは無条件で尊敬の対象となる。

現在の世界の人々が自分の暮らしを守って生きて行くには、聖女と神獣、そして聖塔《せいとう》の力は必要不可欠だからだ。

アデルが聖女の力を持っている事は、こんな所にも影響《えいきょう》しているらしい。

「なるほど……忠告は有り難く。ではケルベロスも残して行きますので、仲良くやって下さい」

アデルは自分の影《かげ》からケルベロスを召喚《しょうかん》する。

その場に赤と黒の毛皮の、巨大《きょだい》な獣が姿を見せる。

「おお……っ⁉」

「これは神々《こうごう》しい……神獣ケルベロスですね、アデル殿」

トリスタンがケルベロスを見て感銘《かんめい》を受けている。

「ええ、姫様の警護を任せます。ケルベロスよ、ここに残り姫様をお守りしてくれ。私は少々出かけねばならん」

『承知した。我の姿を見て、おかしな気を起こす者もおるまいがな』

ケルベロスはそう言うと、その場に座《すわ》り込み寛《くつろ》ぐ姿勢を取る。

『街に出るならば、謝礼の品を持ってこい。プリンよ。我を顎《あご》で使おうと言うのだからな』

「何だ、またプリンが食いたいのか？　プリンよ」

「プリン？　どういう事ですアデル殿？」

「このケルベロスの個別の名です。そのように母親から名付けられたそうで」

「あははっ。それはこの勇猛《ゆうもう》な姿に似合わず、可愛らしいですね」

『我をその名で呼ぶなあああぁぁぁっ！』

グオオォォォッ！

ケルベロスが怒りの唸《うな》り声を上げる。

「わ……!?　き、機嫌《きげん》を損《そこ》ねてしまいましたか……？　神獣殿《しんじゅうどの》、申し訳ありません」

トリスタンは律儀《りちぎ》にケルベロスに頭を下げていた。

「まあ、土産《みやげ》は分かった。後は任せたぞ」

『フン……さっさと行くがいい』

「か、噛《か》んだりはせんよな……？　アデル殿？」

ベルゼンは少々不安気に呟《つぶや》いていた。

◆◇◆

ケルベロスとベルゼンに後を任せ、アデルはトリスタンの供をして外に出た。

宿から近い距離にあるので、ユーフィニア姫と最初に行ったお茶の美味しい店に行く事にした。

起きて間もなく朝食も摂《と》っていないため、お薦《すす》めのものを、と食事を二人分頼《たの》んだ。

そして出てきたのは、パンとスープに白い身の魚の切り身。ムニエルという料理だそうだ。それから魚の身の皿に、野菜のサラダも付け合わされている。

「むう……」

魚はナイフとフォークで食べるようだが、アデルにとっては少々食べ辛い。

ちゃんと手で持って食べられるものを、と言うべきだっただろうか。

アデルのぎこちないナイフとフォークの動きで、魚の身が分解されて行く。

「……」

それを見ていたトリスタンは特に何も言わず、自分の丸パンの腹を割り、そこに魚の身を挟んで食べ始めた。

「……！」

そう言う食べ方もあるのか、とアデルがトリスタンを見ると、にこりと微笑《ほほえ》まれた。

食べ辛いならこういう食べ方でもいい、とアデルに恥《はじ》をかかせずに教えようとしてくれているらしい。

なかなか気遣《きづか》いのできる少年である。

「改めて、今回の件はウエンディール王国の皆様《みなさま》に多大なご迷惑をおかけしてしまい、本当に申し訳ありませんでした。私の命を助けて頂き、本当に感謝しています」

ひとしきり食事が進むと、トリスタンは改めてアデルに深々と頭を下げた。

「は。お言葉、必ずやユーフィニア姫様にお伝えいたします」

「お願い致します。ですがアデル殿……私の命を直接お救い頂いたのは、あなたです。我《わ》が配下の兵に支えられながら……朧気《おぼろげ》ながらあなたの戦いぶりを見ていました。実にお見事で——あなたの力が無ければ、あの敵を止める事は難しかったかも知れません。本当に命の恩人です、ありがとうございます」

「は……痛み入ります。ですが、その前にユーフィニア姫様の聖域が殿下《でんか》のもとに届き、トーラスト軍の援護《えんご》になったと聞いております。やはり第一は姫様のお力かと存じます」

「そうですね、あの聖域も凄まじかった……出所がどこか分からないくらいに広大で、力強くしかも万能属性《オールマイティ》。まるで古《いにしえ》の大聖女メルメア様のようです。ユーフィニア姫様は私よりもお若いのに私などより余程《よほど》優《すぐ》れたお力をお持ちのようですね」

「聖女の力と騎士や戦士の力は、一概《いちがい》に比べられるものでは御座《ござ》いません。互いに協力をしてこそ、最大の力が発揮されるものと思います」

「ええ……そうですね。本当にその通りです。ですが私は、まだまだ未熟でした。今回の件では、それを思い知りました」

「悲観されるほどの事はなかろうかと。あの魔物《まもの》——首なし騎士《デュラハン》の鎧は強力でした。それを相手に、殿下は部下達の退路を確保すべく渡《わた》り合っておられたのでしょう？　こうして見ていても、相当な鍛錬《たんれん》をなさっておられる事は伝わって参ります」

アデルがそう述べると、トリスタンはぱっと顔を輝《かがや》かせる。

「そ、そうですか!? アデル殿にそう言って頂けると、とても自信になります……！」

「ですが、自ら部隊の殿《しんがり》とはいささか無茶《むちゃ》が過ぎるかと。ご自身の立場というものがございます」

アデルがそう言うと、今度はトリスタンは叱られた犬のようにしゅんとしてしまう。

「そ、そうですよね……どうしても体が動いてしまって……反省しています」

「まあ、個人的には部下のために自ら矢面《やおもて》に立つ気概《きがい》は素晴《すば》らしいとは思いますが」

「あ、ありがとうございます……！ アデル殿！」

またぱっと顔を輝かせる。

何だろう、あまりにも素直《すなお》な態度が、少々好ましく思えてしまった。

本当にこの少年はあの狂皇トリスタンなのだろうか？

ユーフィニア姫とはまた別の、人間的な魅力《みりょく》を感じなくもないのだが――

何だか胸の奥《おく》がほんのりと温かいようなくすぐったいような、そんな感覚を覚える。

「そもそも反省すべきは……拙速《せっそく》に我等の部隊だけで未開領域に突入《とつにゅう》してしまった事ですね。私は功を焦《あせ》っていました……それで己の力を過信して――十分な事前の偵察《ていさつ》と、アデ

ル殿や皆様との連携《れんけい》を図《はか》るべきでした」

功を焦るとは少々腑《ふ》に落ちない話だ。

トリスタンは押《お》しも押されもしないトーラスト帝国の皇太子。

功が必要なのはこれから出世をしたい者であって、トリスタンにそのような必要はないだろう。次代の皇帝《こうてい》、既《すで》に頂点に立つことは約束されているのだ。

「何を焦る事がおありになります？　悠々《ゆうゆう》と構えておられればよいではありませんか」

「それは、人々の目を外に向けさせるためです……！」

トリスタンの表情が、凛《りん》とした精悍《せいかん》な顔つきに変わる。

「外に？」

「ええ。聖王国崩壊《ほうかい》以来、世界の人々はいくつもの国に分かれながら、お互いの土地や財を奪《うば》い合い、結果として自分達の世界を狭《せば》めて来たのはご存知《ぞんじ》でしょう？」

「は。現在はかつての聖王国時代よりも人々の生活圏《せいかつけん》は狭まっております」

「それでもなお、人々の間に争いの種は絶えません。四大国もお互いに、隙《すき》あらばとお互いを窺《うかが》っている状態です。私はトーラスト帝国を継《つ》ぎますが、その私に人々が期待するのは他国の領土を切り取り国を大きくする事です」

「……国を預かるという事は、そう言うものなのですね。特に四大国ともあれば――」

「ですが、私はそう言った事に手を貸したくはありません。新たな土地が必要であれば、かつて失った未開領域を再度開拓《かいたく》すれば良いだけではないですか？　ですが、それを言うと帰って来るのは、そんな事をしている隙に他国に攻《せ》められたらどうするのだ——という言説です。残念ながらトーラストの国内にもそう言う者の方が多いのです」

「なるほど……」

「私にはその者達の意識を変えるため、自ら率先《そっせん》して未開領域に挑《いど》み、成果を上げる必要があります」

「それが功を焦っていた理由だと……？」

「大元は今申し上げた通りです。ですが、目先の事情もありました——」

「それは……殿下が外縁《がいえん》を越《こ》えた未開領域に遠征《えんせい》なさろうとしていた事と関係が？」

「ご存じでしたか。こちらまで情報が伝わっているのはむしろ良い事です。私の行動と志を多くの人々に知って貰《もら》いたかったですから……」

「遠征を取り止《や》めてこちらに向かわれたのは、何故《なぜ》なのです？」

「取り止めるつもりはありませんでした。ですが……今回の遠征には、戦の大聖女エルシエル殿にもご協力頂く予定だったのです——」

「何っ……!?　エルシエルが……!?」

一国の皇太子と聖塔教団の大聖女が共同で何かを行うという事は、別に不自然な事ではない。今回ユーフィニア姫と大聖女テオドラが共に未開領域の討伐《とうばつ》に向かった事も、それと同じと言えば同じだ。

だが、狂皇トリスタンとエルシエルの組み合わせとなると聞き捨てならない。

将来の大戦を引き起こす元凶達《げんきょうたち》の共同戦線である。

「ええ。エルシエル殿には私の考えに賛同頂き、助力は惜《お》しまぬと——それでエルシエル殿にもお口添《くちぞ》え頂き、外縁未開領域への遠征の手はずを整えました。ですが、合流するお約束の日が来てもエルシエル殿はいらっしゃらず、それどころか先日、アルダーフォートにて聖塔教団への反逆の罪で処刑《しょけい》されてしまったと……」

「………………」

「ひょっとしたら、聖塔教団内でも、我等の行動を良しとしない勢力が蠢《うごめ》いているのかも知れません……」

トリスタンは表情を厳しくする。

アデルはその言葉に強く首を振《ふ》る。

「いや……！　それは違《ちが》います！　奴《やつ》はユーフィニア姫様や大聖女テオドラ殿のお命を狙《ねら》いました。それ故に討《う》たれたまで……！　私はその現場に居合わせましたので、間違いございません」

「何ですって⁉　そんな事が……いやしかし、アデル殿が嘘《うそ》を言っているとは思えません。ならば何故、エルシエル殿はそのような行動に……」

衝撃《しょうげき》を受けている様子のトリスタンだが、逆にアデルのほうもその様子に頭が混乱して来ざるを得ない。

エルシエルの印象は時を遡る前と変わらなかった。

だが、トリスタンの印象は別人かと思う程《ほど》に違う。これはどういうことだ？

ひょっとしたら、トリスタンにも狂皇になるだけの大きな切《き》っ掛《か》けがあり、それがこれから訪《おとず》れるのではないだろうか？

そしてそれが、エルシエルとトリスタンが向かうはずだった外縁未開領域への遠征にあったとしたら……？

先日アデルがエルシエルを倒した事により、トリスタンも時を遡る前のトリスタンとは別の道を歩み始めているのかも知れない。

だとすれば、もう少し様子を見た方がいいのだろうか。

トリスタンを討つにしても、それがウェンディール王国内で起きてしまうと、後のアデルだけでなくユーフィニア姫の立場まで悪くしてしまいかねない。

幸い何故かトリスタンはアデルの言葉を鵜呑《うの》みに近いくらい信用する様子なので、そういう点でも、トリスタンを通じて情報が得られるかも知れない。

「乱心した者の心は分かりません。大聖女テオドラ殿にさえ分からぬのです」

「そうですか……そうですよね。残念な事です」

「それで殿下、どうして遠征の兵をこちらに転進させたのですか？」

「エルシエル殿がそのようになった影響で、我々の遠征にも待ったがかかりました。元々反対していた者達《たち》からの圧力です。ですが、せっかく何度も皇帝陛下や国の重鎮たちと交渉《こうしょう》し、ようやく専用の部隊編成までこぎつけた所だったのです。諦《あきら》めるわけには行きません……そこに飛び込んできたのが、ウェンディール国境付近に未開領域が発生したとの知らせです。ここで手柄《てがら》を挙げ、反対意見を再び押し退《の》けるつもりでした。ですから即座《そくざ》に急行し――後はアデル殿もご存じの通りです」

「なるほど……それで手柄を焦っていたと――」

トリスタンの考えと行動については、理解できなくもない。

そもそも今回の第七番聖塔の破損と未開領域の発生が、ユーフィニア姫の推測通り先日のアルダーフォートでの事件の後遺症《こういしょう》と言うならば、今回の事件自体が時を遡る前には無かった事だ。

そこにトリスタンがいるという事は、時を遡る前とは確実に変化が起こったということに他ならない。

そう納得《なっとく》しようとしたが——一つ引っかかる。

「いや、待てよ……」

「どうしました、アデル殿？」

「ああ、いえ……何でもありません」

「あの——よろしければもう少し、歩いてお話をさせて頂けませんか？」

「はあ、構いませんが……」

食事を終え店を出て、近くの川沿いの広場へ。

穏《おだ》やかなせせらぎの音が心地《ここち》好《よ》い、よく手入れされた場所だ。

トリスタンは石畳《いしだたみ》の川岸を、流れに沿うように歩いて行く。

前方には大きな橋がかかっており、荷馬車が往来していた。

今歩いている道は、その下をくぐってさらに先へと続いているようだ。

アデルはトリスタンの斜《なな》め後《うし》ろを相槌《あいづち》を打ちながら歩きつつ——

考えていたのは、先程《さきほど》引っかかっていた事だ。

あの首なし騎士《デュラハン》の元になった、鎧の存在。

時を遡る前のアデルが愛用していた、黒い鎧の術具である。

あれはユーフィニア姫から授《さず》かったもの。当然、ユーフィニア姫の手にあったわけだ。

だが今回の事件で、あれは古城の廃墟《はいきょ》に隠《かく》されていたと推測されていた。

事件があった事により、それが見つかったのだ。

逆に言うと、事件がなければユーフィニア姫の手には渡らないはずではないだろうか。

しかし今回の事件は、時を遡る前には発生していないはず――

「やはり、妙《みょう》だ……」

時を遡る前に、ユーフィニア姫があの鎧を持っていた理由が分からない。

あの時は深くは語ってくれなかった。アデルもあえて深くは聞かなかった。

こうなると可能性は二つ、だろうか?

アデルの思《おも》い違いで、第七番聖塔の破損は時を遡る前にもあり、そこで発掘《はっくつ》されていた――と言うのが一つ。

だがそうであれば、ユーフィニア姫が言葉を濁《にご》すだろうか?

別に言い辛《づら》い事でも、隠すような事でもないだろう。

もう一つは、あの黒い鎧の術具の由来が、古城の廃墟に隠されていたものではないという事だ。

そうであれば、別の経緯《けいい》でユーフィニア姫の手にあっても不思議ではない。

そうなると、あの鎧は何故あそこにあったのか？

何者かの手によって、意図的に――？

「…………」

単に第七番聖塔を修復して終わり、で済ませてよい問題ではないかも知れない。

とりあえずはあの鎧だ、もっとよく調べてみる必要がある。

セディス家に出向いて状況《じょうきょう》を確かめるべきか、いやしかし、ベルゼン騎士団長の話だとセディス家事体も過信するのは禁物だろうか？

疑ってしまって、メルルには悪いが――

「あの……アデル殿」

「は……何でございましょう？」

「僕《ぼく》の……いえ、私の話はその――あまり面白《おもしろ》くないでしょうか……？　すみません、女性に喜んで頂く話がどういうものか、不得手でして……」

「女性？　私が？」

アデルはきょとんと首を捻《ひね》る。

「？　ど、どこから見ても、その……お、おおお美しい女性かと思いますが……？」

トリスタンは顔を赤くし声を少し震《ふる》わせながら、そう言った。

言われてアデルは、そう言えば女性の体だったと気づく。

まだまだ自分の意識の中で女性であることが定着していない。

別に嫌《いや》だったり納得行かないわけではないが、別の事に気を取られているとすぐにその事実を忘れてしまう。

「いえ……それよりもトリスタン殿下、未開領域に現れたあの首なし騎士《デュラハン》の鎧《よろい》……何か心当たりはありませんか？」

アデルはそう問いかける。

同時にアデル達は橋桁《はしげた》の下に差し掛かり、視界に暗い影が差す。

「え？　いえ、あるはずがありません。あれはあの古城に廃棄《はいき》されていたものが、噴《ふ》き出した瘴気《しょうき》と結びついたものでしょう？　でしたら……」

「未開領域の瘴気と結びついたのは確かでしょう。ですが、古城に廃棄されていたものではなかったとしたら……？　私はその可能性を考えておりました」

「何ですって……!?　もしそうだとしたら――」

トリスタンは自らが襲《おそ》われて、命の危機にさえ陥《おちい》っている。

それを自分が行ったという事はないだろう。

無論アデル達が何かを行ったわけでもない。

となるとあの場に居合わせた勢力の中で、可能性を否定できないのは――

「ともかく、あの鎧は接収し良く調べた方が良いかも知れません。その上で……」

そうトリスタンが述べた時、ちょうど橋桁の下からアデル達は出た。

暗くなった視界がぱっと明るくなり、陽光が一段と眩《まぶ》しく感じられる。

「ええ、結果次第では……後でよく話を聞かせて貰う必要があるかも知れませんね」

トリスタンが、眩しさに目を細めて応じた瞬間《しゅんかん》――

「いえ、今すぐ聞かせて貰う事に致しましょう……！」

アデルは鋭《するど》くそう述べた。

「え……!?」

「失礼ッ！」

トリスタンに飛びつき、押し倒す。

ドガァッッッ！

トリスタンがいた場所に、何かが飛来し突《つ》き刺《さ》さった。

「あ……ア、アアアアデル殿……っ⁉　ぼ、僕はまだ心の準備が……ッ⁉」

顔がアデルの大きな胸の下敷《したじ》きになり、激しく動揺するトリスタン。

「心の準備など、敵は待ってはくれません！」

「えっ……⁉　敵——⁉」

「ええ、お立ちを！」

ちょうどその時、トリスタンを目がけて飛来した槍が、ひとりでに地面から抜《ぬ》けて遠くに飛んで行った。

その飛んで行く先は、川の向こう岸にある、赤い壁《かべ》の背の高い建物の屋上だ。

そこに——

「……！　あの時の鎧……！　ならばやはり、未開領域のものは私を狙った……！　アデル殿、奴を捕《と》らえましょう！」

「え、ええ……！」

アデルは一歩を踏《ふ》み出すのを一瞬躊躇《いっしゅんためら》う。

橋桁の下を抜けて殺気を感じ、その出所を『錬気収束法』で強化した目で追うと、あの黒い鎧の術具を纏《まと》った人影《ひとかげ》が見えた。

そこで逆に手っ取り早いと思ったものだが、問題はあちらが投擲《とうてき》してきた武器だ。

あの槍《やり》――投擲しても持ち主の手に戻《もど》って行く術具は、メルルの持つ風妖精の投槍《シルフィードスピア》だったのだ。

もしあれがメルルだとしたら――ここで捕《と》らえてしまうと、トーラスト帝国《ていこく》の皇太子を狙った罪を問わざるを得ない。

そうなると重罪は免《まぬが》れない。下手をすれば死罪だ。

それがアデルの足を一瞬《いっしゅん》止めたのだ。

「アデル殿⁉　どうしました⁉」

「い、いえ……！　行きましょう、殿下！」

だからと言って、放ってはおけない。

あれがメルルだとは限ったわけではないが、メルルならばこれ以上罪を重ねさせるわけには行かないし、違うならば誰かがメルルから風妖精の投槍《シルフィードスピア》を奪ったかも知れない。

奪われたメルルの安否が気にかかる。それを知るためにも逃《に》がせない。

「殿下、捕《つか》まって下さい！」

トリスタンを放置はできない。

アデルと引き離して、別のものが狙ってくる可能性がある。

アデルはトリスタンの身を抱《かか》え、火蜥蜴の尾《サラマンダーテイル》を長く鞭《むち》状に、向こう岸の木に巻き付ける。

「戻れッ！」

そして長さを一気に元に戻すと、合わせてアデル達の身も向こう岸へ。

更《さら》に近くの建物の煙突《えんとつ》に。

そこから通りを挟んだ襲撃者《しゅうげきしゃ》のいる建物の屋根には、火蜥蜴《サラマンダーテイル》の尾を巻き付けるのにちょうど良い目標が無い。

「跳《と》びます！　殿下！」

「は、はい……！　うわっ⁉」

アデルはトリスタンの手を引き、屋根の上を走る。

踏み切る足を『錬気収束法』で一点強化。

大通りを一気に飛び越《こ》えて、襲撃者のいる屋根に。

「す、凄い身のこなしですね、さすがはアデル殿……！」

トリスタンが驚《おどろ》いている間に、アデルは黒い鎧の人影に呼びかける。

ここは未開領域ではない。瘴気の無い安全圏《あんぜんけん》だ。

ならばあれを首なし騎士《デュラハン》と化すのは難しいはず。

誰かが鎧を纏っている可能性は高い。

「何者だ……！　何故その槍を持ちトリスタン殿下を襲う……⁉」

「マルカ共和国の差し金ですか……⁉」

トリスタンがアデルの考えていたのと同じことを言った。

あの未開領域討伐時の状況――

アデル達が到着《とうちゃく》する前に、マルカ共和国の部隊が先着していた。

トリスタンより先回りし、目標地点である第七番聖塔の元に首なし騎士《デュラハン》を仕込《しこ》み襲わせる工作、状況的《じょうきょうてき》には不可能ではないはずだ。

あれが古城に放棄《ほうき》されていたものではなかったとしたら、マルカ共和国の部隊指揮官であるアンジェラにこそ、詳《くわ》しい事情を聴《き》くべきとなる。

こうして再びトリスタンへの襲撃《しゅうげき》があった以上、その疑惑《ぎわく》はますます深まったと言わざるを得ない。

ともあれまずは、この相手を制する事。

アデルは火蜥蜴の尾《サラマンダーテイル》を『錬気増幅法《ぞうふく》』で強化。

青い炎《ほのお》の刃《やいば》を、術具の前後から伸《の》ばした双身剣《そうしんけん》と化して構える。

直後、黒い鎧の襲撃者は風妖精の投槍《シルフィードスピア》を、アデルに向けて投擲して来た。

「……っ⁉」

風を切るような唸りを上げ、槍の穂先《ほさき》が猛然《もうぜん》と迫《せま》って来る。

ここからかなり離れた橋桁の下の石畳に突き刺さるような攻撃《こうげき》だ。

それをこの至近距離では、必殺の威力《いりょく》になるが——

『錬気収束法』で強化した目には、決して見切れない速度ではない。

「させんッ！」

火蜥蜴の尾《サラマンダーテイル》の炎の刃が、風妖精の投槍《シルフィードスピア》を弾《はじ》き飛ばす。

そうした所であの術具はすぐに持ち主の手元に戻ってしまうが、それは百も承知。

その手元に戻るまでの間が、アデルにとっては十分過ぎるほどの隙だ！

火蜥蜴の尾《サラマンダーテイル》を一閃《いっせん》したアデルは、即座に『錬気収束法』の集中点を脚《あし》に移して突進《とっしん》する。

だが相手も風妖精の投槍《シルフィードスピア》を投擲した瞬間、こちらに背を向けて駆《か》け出していた。

「む……!? 逃げるか!?」

しかもその速度はかなりのもの。

火蜥蜴の尾《サラマンダーテイル》の強化と脚力《きゃくりょく》に『気』が分散した状態では、アデルとそう変わらない動きの速さだ。

身軽に別の建物に飛び移り、あっという間に遠ざかって行く。

こちらはトリスタンを置いて行くわけには行かない。一度立ち止まらざるを得ない。

「何て速さだ……！ 聖域も無く、術法など使えないはずなのに……！」

「あの鎧の術具の効果でしょう……！　追います！　お手を！」

あの黒い鎧の術具には、暗視に加えて軽量化の効果がある。

纏っても鎧の重みはほとんど感じないはずだ。

とは言え、重みを感じさせないどころか、あの動きは明らかに常人のそれではないが。

『気』の術法の力でもなく、聖域も存在しない中であの動きは驚異的《きょういてき》だ。

あの術具だけでそんな力が出るものか？　アデルにも分からない何かがある？

「済みません、アデル殿《どの》……私も聖域の祝福さえ得られれば、お手を煩《わずら》わせずに済むのですが……！」

「お気になさらず！」

建物の煙突を目標に、火蜥蜴の尾《サラマンダーテイル》を伸縮《しんしゅく》して飛び移り、襲撃者の後を追う。

「これは、私達を誘《さそ》っているのでしょうか……!?」

「ええ、仰《おっしゃ》る通りかと！」

風妖精の投槍《シルフィードスピア》を投げた瞬間身を翻《ひるがえ》している事から、あの場で足を止めて交戦するつもりは初めから無かったと思われる。

「ならば、敵の逃げる先には待ち伏《ぶ》せが……！」

「このまま追っても構いませんか……!?」

あれがメルルだとしたら、放っておけない。

ここで捕まえて手元に引き戻さないと、後が心配だ。

ここでこちらが引けば、最悪襲撃が失敗したとして、消される可能性もある。

メルルは時を遡《さかのぼ》る前、ユーフィニア姫《ひめ》とアデルが出会った時点で亡《な》くなっていたのだ。

何がきっかけで命を失ったのか分からないが、時を遡る前もこれと似たような事があったのではないか？

時を遡る前のユーフィニア姫があの鎧を手元に置き、そして深くは語りたがらず、更にメルルはもう帰らぬ人に。

今あれをメルルが身に纏っているかも知れないと考えると――それらは関係があったのだろうと連想せざるを得ない。

つまり時を遡る前のユーフィニア姫は、似たような状況でメルルを助けられず、形見としてあれを手元に置いていたのではないか、と。

であればここは重大な岐路《きろ》だろう。

一歩間違《まちが》えば最悪の結果となる事は、かつての歴史が証明している。

一瞬の油断もならない。待ち伏せがあるのは覚悟《かくご》した上で、一刻も早くメルルを保護せねばならない。

「必ずお守りします！　ですから……！」

アデルは真剣《しんけん》な顔でトリスタンにそう願う。

「ええ、参りましょう！　ただし、私も自分の身は自分で守ります……！　聖域は無くとも術具はあります」

トリスタンは腰《こし》に差した剣《けん》をグッと握《にぎ》る。

時を遡る前にアデルが対峙《たいじ》した狂皇《きょうこう》トリスタンの佩剣《はいけん》とは違うように思うが、これも術具のようだ。

ケルベロスがいればアデルが聖域を展開してトリスタンに使って貰う事も出来るが、今はユーフィニア姫の護衛に残して来た。

胸の内で呼びかけてはみるのだが、答えはない。

あまりにも距離《きょり》が離《はな》れ過ぎているのだろうか？

ともあれ今はトリスタン自身の腕前《うでまえ》と、術具に期待をする他は無い。

「感謝します、殿下！　ではこのまま！」

建物の屋根の上を次々に飛び移り、街の外れの方向へ。

飛び移る足場の建物も密度が少なくなり、襲撃者は屋根から地面へと飛び降り、待ち構えるようにこちらを向く。

周囲は人気の殆《ほとん》どない、朽《く》ちかけた墓が立ち並ぶ墓地だった。

街中で戦うよりは、人目のない場所の方がこちらもやりやすい。望む所だ。

「さあ、誘いには乗ってやったぞ……！　手の内を見せるがいい！」

アデルがそう言うや否《いな》や、足元の地面が揺《ゆ》れ始めた。

「……！」

「何かが下にいる……!?」

トリスタンが言う通りだった。

巨大な影が地面を引き裂《さ》きながら、せり上がって来たのだ。

「これは……神獣《しんじゅう》か!?」

人間など一飲みに出来そうなほど巨大な顎を持つ、双頭《そうとう》の蛇《へび》の姿だった。

更に特徴的《とくちょうてき》なのはその表皮が全て、硬質《こうしつ》の金属のようなもので覆《おお》われている事だ。

こちらを見下ろす二つの頭が、同時に恐《おそ》ろしい唸り声を上げる。

「双頭の銅蛇ユルング……！　強力な神獣です！」

「では、敵に聖女が協力している……!?　いやしかし、聖域の存在を感じない……」

「ええ、妙ですね……！」

アデルの言葉にトリスタンも頷《うなず》く。

聖女によって召喚《しょうかん》された神獣は、その身の回りに聖域を発生させる。

聖域はその神獣の性質に合わせた神淬《アニマ》に満たされており、人間が扱《あつか》う術法はその神淬《アニマ》を操《あやつ》り発動するものだ。

戦いにおいては敵に対して自らの神獣の聖域を使用不能にするような、識別の制御《せいぎょ》はできるが、それが行われていたとしてもその事実を認識《にんしき》は出来る。

戦の大聖女エルシエルが差し向けて来た神獣達《しんじゅうたち》もそうだった。

利用こそできないが、聖域の存在は感じた。

今目の前の神獣ユルングからは、それが無い。

聖域の存在を感じない。

「これでは何の盟約もしていない、野生の神獣と同じだ……！」

だがしかし、明らかに神獣ユルングはアデルとトリスタンだけに殺気を向けて来る。

そこには何らかの意思を感じざるを得ない。

しかし、神獣の言葉を聞き意思疎通《そつう》を図れる聖女の存在も感じないのだ。

「何なのだ、これは……⁉」

「来ます！　アデル殿！」

グオオオォォォォッ！


銅の大蛇《だいじゃ》の顎《あご》が猛然と、アデルに向かって迫って来る。

巨体《きょたい》に見合わぬ、俊敏《しゅんびん》な動きだ。

ほんの瞬《まばた》きする程の間に、見上げる程の位置にあったユルングの頭が目の前だ。

「だが！」

速いだけの真っすぐな攻撃に当たる程、こちらも大人しくはない。

跳躍《ちょうやく》し彎の突進を避《さ》け、銅蛇の長い胴体《どうたい》に飛び乗る。

同時に火蜥蜴《サラマンダーテイル》の尾の青い炎の刃を形成。

足元に突き立てながら、硬《かた》い胴体を駆け上がる。

「そちらから近づいて来るならば、好都合だ！」


ガアアァァァッ！

駆けるアデルの横から、ユルングの胴体の逆端《ぎゃくはし》にあるもう一つの頭が牙《きば》を剥《む》き、噛《か》みついてくる。

アデルの動きを的確に捉《とら》えているのは、賞賛に値するだろう。

だが避けられないわけではない。

そしてユルングのその巨体は、攻撃する傍《そば》から絶好の足場を差し出してくれるようなものだ。

「はあっ！」

アデルは身を翻して、もう一つの頭の上に飛び乗る。

だが敵もこちらの動きを学習し、アデルが胴体に乗った瞬間に身を捻り、逆さに向けて振り落とそうとしてくる。

その狙いは成功し、一瞬アデルの体は宙に投げ出された。

「む……!?　だが……っ！」

アデルも即座に次の手を打つ。

空中で火蜥蜴の尾《サラマンダーテイル》を細く伸ばし、ユルングの胴《どう》に巻き付ける。そのまま再び胴に登ろうとした瞬間――

ビユウゥウウンッ！

目の前に風妖精の投槍《シルフィードスピア》の穂先が迫っている。

「ちぃっ……！」

ユルングの胴体上に復帰するのは諦め、火蜥蜴の尾《サラマンダーテイル》を青い炎の刃に。

それで風妖精の投槍《シルフィードスピア》を薙《な》ぎ払《はら》い、事無きを得る。

そこから地面に着地するまでの間は、黒い鎧の襲撃者にとって攻撃の好機だったかもしれない。

「降りかかる火の粉は、払わせてもらうっ！」

だが風妖精の投槍《シルフィードスピア》を手放した襲撃者に対し、トリスタンが突進をかけていた。

抜き放った術具の剣は、真っ黒い闇《やみ》の色の刀身をしており、それが逆に目を引く鮮《あざ》やかさだった。

そして繰《く》り出される太刀筋《たちすじ》も、刀身の見栄《みば》えに劣《おと》らぬ見事なものだった。

しかしそれを、襲撃者は易々《やすやす》と見切って大きく後ろへ跳躍。

「逃がさないッ！」

追い打ちにと更に追いかける体勢に入るトリスタン。

相手が武器を持たない状態であればそれもいいが、大きく跳躍する襲撃者の背後から風妖精の投槍《シルフィードスピア》が戻って来ていた。

空中でそれを掴《つか》み、着地した時にはトリスタンを迎《むか》え撃《う》つ準備は万全《ばんぜん》に整っている。

あの跳躍は単に不利を悟《さと》って引いたのではなく、風妖精の投槍《シルフィードスピア》を素早《すばや》く手にしながらトリスタンを誘い込《こ》む動きだ。


ガギイイィインッ！


ぶつかり合うトリスタンの黒い刃と風妖精の投槍《シルフィードスピア》。

圧されたのはトリスタンだった。

剣を放しはしないものの、体勢が起こされて、仰《の》け反《ぞ》ってしまっている。

「くっ……⁉」

トリスタンはまだ怪我《けが》が完治していない上、周囲に聖域もないため術法も使えない状態だ。

相手も聖域がない事は同条件だが、何故かアデルの『錬気増幅法』も無しにそれに近いような性能を発揮している。

これではこのようになるのも、無理はない。

強《し》いて言えばそうならないように立ち回るべきではあるが、向こうの動きも巧《たく》みにトリスタンを誘い出すようなものだった。

ともあれ着地をしたアデルは、脚力に『気』を集中してトリスタンのもとへ走る。

その間に襲撃者は二撃、三撃と繰り出し、トリスタンに膝《ひざ》を突かせる。

「殿下《でんか》っ！」

いけない――次は避けられない！

アデルも一歩間に合わない。

そう悪寒《おかん》が奔《はし》った瞬間、トリスタンは黒い刃を地面に突き立てる。

するとその姿が掻《か》き消え影《かげ》のようになり――

一拍《ぱく》置いて、アデルの近くにあった墓標のすぐ側に現れていた。

「大丈夫《だいじょうぶ》ですか……⁉」

「ええ、危ない所でしたが……やはり今の私では……！」

「今のは、その術具の？」

アデルの問いにトリスタンは頷く。

「影巫女の護剣《スカディガード》。御覧《ごらん》の通り影渡《かげわた》りの力を持つ術具です」

なるほどこの術具の力で緊急《きんきゅう》の退避《たいひ》も可能だから、強気に踏み込んで行けたというわけだ。なかなか特徴的で、強力な効果だと言える。

トリスタンのような立場の人間が持つ装備としては、こういう守りに秀《ひい》でた術具は相応《ふさわ》しいだろう。あくまでトリスタン個人の身を守るための能力ゆえに、部隊の殿のような役目には向かないが。

この影巫女の護剣《スカディガード》のような術具を佩剣に選んでいる以上、自分の立場というものも自覚しているはずだが――

それでもあの未開領域では、思わず体が動いてしまったのだろうか。

「アデル殿、私の心配はいりません。攻撃に専念を……！」

確かにこちらが攻撃に専念しても、トリスタンはかなり安全だと思っていい。

しかし問題がある。

アデルは再びこちらに向かって来ようとする神獣ユルングを見上げる。

先程火蜥蜴の尾《サラマンダーテイル》を突き立てて胴体を駆け抜けたが――

その攻撃は、金属の硬い表皮に焦《こ》げたような黒い轍《わだち》を残しただけで、斬《き》り裂く事は出来ていない。

あれは、脚力への『錬気収束法』と、火蜥蜴の尾《サラマンダーテイル》への『錬気増幅法』に『気』を半々にした攻撃だったが――

それでは、威力的に不十分だという事だ。

もっと威力を上げる事は可能だ。気を溜《た》めて一気に放てばいい。

だが溜めている間は、動きを止めて集中する必要がある。

この状況でそれが出来るか――トリスタンは一人で凌《しの》ぐ事は可能かもしれないが、無防備なアデルを守って敵を食い止める事は出来ないだろう。

ケルベロスやマッシュやメルルがいれば話は別だが、今はそれを望める状況ではない。

ならば、どうする？

どうすれば安全に気を溜める時間を作れる？


グオオオオォォォォッ！


再びアデルの目の前に迫る、大顎《おおあご》。

大きく開き、口内の比較的柔《ひかくてきやわ》らかそうな肉まで見える。

「！　そうか……！」

再び跳躍し、胴体に飛び乗って避ける。

頭の中に閃《ひらめ》くものがあった。

迷っている時間は無い。アデルは作戦を即座に実行に移す。

「トリスタン殿下！　お言葉に甘《あま》えます！」
呼び掛けながら胴体の上を走るアデルに、逆側の顎が再び迫る。
このままでは先程と同じだが――
今度はアデルは避けなかった。
迫ってくる、銅蛇の大きく開いた口。
蹴《け》り足に『錬気収束法』を一点集中して、そこに一気に飛び込んだ。
ゆっくり飛び込んだのでは、ユルングの牙に噛み砕《くだ》かれてそれで終わる。
その前に一気に喉《のど》の奥《おく》まで飛び込み、丸飲みにしてもらう必要があった。
ユルングの腹の中こそが、動きを止めて気を練り上げることが出来る安全圏だ。
「アデル殿……っ⁉」
トリスタンの悲鳴のような声が聞こえ、すぐに聞こえなくなった。

それを外から見ていたトリスタンは、かっと頭に血が昇《のぼ》るのを感じた。
未開領域で命を救われた時に感じた、あの美しく鮮烈《せんれつ》な印象――
自分の手で守りたいと、守れるようになりたいと、強烈《きょうれつ》に思わされる女性だった。
こんな事を思うのは、トリスタンは生まれて初めてだった。

「貴様……っ！」

こみ上げる怒《いか》りに、我を忘れそうになる――が、アデルの言葉を思い出す。

アデルは攻撃に専念しろと言ったトリスタンに対し、言葉に甘えると言った。

そして自分からユルングの大顎に飛び込んで行ったようにも見えた。

ならば何か計算が――？

「いや……！　そうだ、アデル殿があんなに易々とやられるはずがない」

アデルは明らかに自分より上回る、凄《すさ》まじい達人だ。

トリスタンにはその力の正体が分からないほどの。

その彼女《かのじょ》の言う事、為《な》す事ならば、こちらは信じるしかない。

トリスタンはアデルを信じ、防御《ぼうぎょ》に徹《てっ》する事にする。

アデルの言葉は、トリスタンを信じてくれたものだ。

自分が側について守らずとも、大丈夫であろうと。

ならばその信頼《しんらい》には応えたい。

アデルに続いて、トリスタンをも飲《の》み込もうと迫って来るユルングの双頭。

その間隙《かんげき》を縫《ぬ》って飛来する術具の投槍。

それらを影巫女の護剣《スカディガード》の影渡りを駆使《くし》し、やり過ごして行く。

周囲は多くの朽ちかけた墓標や、枯木《かれき》の立ち並ぶ墓地だ。

影渡りを行う対象には事欠かない。

そうしながら、アデルの無事を祈《いの》りつつ待つ。

だが向こうもトリスタンの意図と動きに対応してくる。

ユルングと鎧の襲撃者が二人がかりでトリスタンを追って来ていたのだが、ユルングがトリスタンを追い回すのをやめ、周囲の墓標や枯木を薙ぎ倒《たお》し始めたのだ。

影渡りの対象を破壊《はかい》して使えなくし、仕留めようと言うのだ。

「く……っ！　こちらの力に対抗《たいこう》して……！」

だがトリスタンとしては、そのユルングの動きを止められない。

それだけの攻撃力《こうげきりょく》は、トリスタンにはない。

アデルの強力な炎の刃の攻撃すら、表面を焦がす程度だったのだ。

しかも黒い鎧の襲撃者は、足を止めずトリスタンに攻撃をして来る。

その攻撃は苛烈《かれつ》で、鋭い。

だが未開領域で対峙した首なし騎士《デュラハン》とは、質が違《ちが》うように思う。

実体のない魔物《まもの》ではなく、血の通った人間の動き――

ガギイィン！

剣と槍がぶつかって鍔迫《つばぜ》り合いのようになると、顔を覆い隠す黒い兜《かぶと》の奥から、確かな人間の息遣《いきづか》いを感じた。

「やはりあの時とは違う……！　何者だ、貴様……っ！」

問いかけへの返答はこれだとばかりに、槍の連続突きが繰り出される。

今の状態のトリスタンに、それを全て捌《さば》き切る事は難しい。

「……跳べっ！」

影巫女の護剣《スカディガード》の影渡りを発動。

近くのまだ無事な枯木の影へ。

一瞬トリスタンの視界も真っ暗になり、そして次の瞬間、視点の少し変わった視界が再び開ける。

そこにはすぐ目の前に、ユルングの大顎が迫っていた。

「なにっ……!?」

出現位置を読まれていた？

いや、あえて目立つところに枯木を残しておき、そこに誘い込んだ？

神獣はただの獣《けもの》ではなく理性があり、聖女となら言葉を交《か》わす事も出来るが――
だが誇《ほこ》り高い神獣が、か弱い人間を相手にそのような搦手《からめて》に出るのだろうか？
やはり聖女の命のような人の意思を感じざるを得ない。
「くっ……！」
視界の中に、即座《そくざ》に影渡りする対象物が見当たらない。
まずい――！
トリスタンの背筋に緊張《きんちょう》が走った瞬間、再び視界が歪《ゆが》むのを感じる。
だが今度は影巫女の護剣《スカディガード》による明滅《めいめつ》ではない。
純粋《じゅんすい》に凄《すご》い勢いで、視界が横に滑《すべ》ったのだ。
自分以外の力によって体が持ち上がり、大顎の攻撃の範囲外《はんいがい》に一瞬で運ばれていた。
目標を見失ったユルングの大顎は、地面を撃って大きな音と土埃《つちぼこり》を巻き上げる。
「い、今のは……!?　あ、あなたはアデル殿のケルベロス……！」
ケルベロスがトリスタンの首元を咥《くわ》え、親猫《おやねこ》が子猫《こねこ》を運ぶように持ち上げていた。
あの瞬間、割って入ってトリスタンを助け出してくれたらしい。
ケルベロスは器用に首を振《ふ》って、トリスタンの身を自分の背の上へと運んでみせた。
「そうか……！　主の危機に駆けつけて……ありがとうございます、助かりました！」

ケルベロス自身は人の言葉を理解しているはずだ。

グルルと低く唸《うな》るような返事が、何と言っているのかは分からないが。

「トリスタン殿下！　ご無事ですか……⁉」

上から降って来る、幼くも高貴な少女の声。

「ユーフィニア姫様《ひめさま》……！　あなたまで！」

翼《つばさ》を持つ白馬――ペガサスに乗ったユーフィニア姫の姿が上空にあった。

「アデルは……アデルはどうしましたか⁉　トリスタン殿下とご一緒《いっしょ》のはずでは……？」

「このユルングの腹の中に……！」

トリスタンがそう応じる間にも、ユルングと黒い鎧《よろい》の襲撃者は攻撃を続けて来る。

ケルベロスはユルングの突進をかわし、襲撃者を炎の息で威嚇《いかく》して近づけさせない。

それは非常に頼《たの》もしいのだが、激しく動くために話し辛《づら》い。

ユーフィニア姫に詳しい事情を説明したいが、それが難しい。

「ええぇっ⁉　そ、そんな……！」

トリスタンの短い言葉だけを聞いたユーフィニア姫が、衝撃《しょうげき》を受けてしまっている。

「で、ですがきっと無事で……！」

「アデル！　無事ならば返事をして下さい、アデルーーっ！」

ユーフィニア姫の声が薄暗《うすぐら》い墓地に響《ひび》き渡《わた》り――

「はいっ！　姫様あああぁぁぁあっ！」

ゴオオォォウッ！

声と同時にユルングの腹の真ん中から、巨大《きょだい》な青白い火柱が噴《ふ》き上がる。
神獣の腹を突き破《やぶ》ったそれは、そのまま高速で迸《ほとばし》って行く。

ズガガガガガガガガガッ！

あっという間にユルングの体が内から斬り裂かれ、開きのようになって行く。
これには、巨体と硬度《こうど》を誇る神獣もひとたまりもなかった。
大きな呻《うめ》き声を上げ、その場に崩《くず》れ落ちて行く。
そしてその亡骸《なきがら》の中から、飛び出して来る人影は当然――アデルである。
アデルは満面の笑《え》みで、ユーフィニア姫に呼び掛《か》ける。

「姫様！　私はここにおります！」

安全に気を溜める間を取るには、ユルングの腹の中が一番ちょうど良かったのだ。

虎穴《こけつ》に入らずんば虎子《こし》を得ず、である。

あの巨体がアデルには幸いし、あちらには災《わざわ》いした。

腹の中に飲まれたアデルは気を溜め込み、火蜥蜴《サラマンダーテイル》の尾の刃が巨大な火柱と化す程《ほど》に威力を増幅。

それで一気に、ユルングの硬い体を引き裂いたのだ。

「ああ良かった、アデル……！　無事だったのですね！」

「無論です！　姫様こそ私の身を案じて駆けつけて下さり、ありがとうございます！」

本来なら、あまり褒《ほ》められた事ではないだろう。

アデルの危機とはいえ、ユーフィニア姫までそれに巻き込まれてしまえば本末転倒《ほんまつてんとう》だ。

道理としてはそうなのだが――感情とはまた別物である。

「本理ならばお諫《いさ》めするべきでしょうが、姫様が私を案じてここにいらっしゃって下さった事、喜ばずにはおられませんッ！　感動に胸が打ち震《ふる》えております！　ううっ……！」

「あ、いえその……」

感涙《かんるい》するアデルから、ユーフィニア姫は少々気まずそうに目を逸《そ》らす。

『まあ、そうしておいてやるのだな。それで我《わ》が聖女のご機嫌《きげん》は上々だ』

「あははは……」

「あ、アデル殿っ！　それよりも、これを……！」

トリスタンは極力《きょくりょく》アデルの方を見ないようにしながら、自分が着けていたマントを投げて寄越《よこ》した。

「？」

受け取りはしたが、意図が分からずアデルは首を捻《ひね》る。

「その、お召《め》し物が……！　少々目のやり場に困ります……！」

言われて初めて自分の格好を気にすると――

服のあちこちが溶《と》けて破れて、胸元《むなもと》や下着が露《あらわ》になっていた。

ユルングの体内で、分泌液《ぶんぴつえき》を浴びたせいだろう。

髪《かみ》や体の方は、気が浸透《しんとう》していたため影響《えいきょう》はないようだが。

『ああコラ茶坊主《ちゃぼうず》！　俺《おれ》の楽しみを邪魔《じゃま》すんじゃねー～！　アデルちゃん気づいてなかったろうがあああぁぁぁぁぁっ！』

ペガサスが喚《わめ》いているという事は――

「ありがとうございます。使わせて頂きます」

アデルは有難《ありがた》くマントを身に纏《まと》う。

「さあ、残るはお前だけだな……！　正体を明かして貰《もら》うぞ……！」

アデルは残る襲撃者に向けて、そう告げる。

「待って下さい、アデル！　アデルは声が聞こえませんか……!?　あの方から……！」

「？　いえ、私には何も……」

「そうですか……でもわたくしには聞こえたんです。あれは恐らく神獣の声——苦しい、助けて……と」

実際のところユーフィニア姫とケルベロスがこの場に来たのは、神獣の声が聞こえたからだった。

眠《ねむ》っている所に助けを求める神獣の声が届き、ケルベロスにも事情を話してここにやって来たのである。

するとその場でアデルとトリスタンが襲《おそ》われていた、と言うわけだ。

そのことは全くユーフィニア姫にも分かっておらず、偶然《ぐうぜん》だった。

「神獣の声……という事は、あの鎧は神獣が操っていると……？」

「ですがアデル殿、先程《さきほど》剣《けん》を交えた時、あの者から確かに人の息遣いを感じました！　人間があの鎧を纏っているのは確実だと思います」

ユーフィニア姫が嘘《うそ》を吐《つ》くはずがない。

アデルにも聞こえない神獣の声を聴くその感性。流石《さすが》だ。

やはり聖女としてのユーフィニア姫の力は、アデルより遥《はる》かに優《すぐ》れている。

それでいい――それがいい。

そしてトリスタンの表情や言葉も、信ずるに値しそうだ。

どちらも正しいと言うならば、あの鎧の下はどうなっているのだろう？

「いずれにせよ、取り押《お》さえねば始まらんな……！」

数の上でもこちらが有利に立ったが、あちらはそれを不利と見て逃走《とうそう》する気配も無い。

ならば、このまま取り押さえる――！

その時、急激に地面が激しく揺れ、次々と何かが飛び出して来た。

「……!?」

「な、何だ……!?」

「「「グオオオオォォォッ！」」」

巨大な金属質の体躯《たいく》を持つ、双頭の蛇――ユルングだ。

先程《さきほど》のものとは別個体。

それが、一気に五体も姿を現したのだ。

「何だと……⁉　こんな数が……⁉」

「馬鹿な、ならばかなりの数の聖女が敵側に……⁉」

「ですがこれは……何の盟約も無い状態です！　それなのにこれだけの数が集まって、わたくし達《たち》を襲うなんて……⁉　お願いです、聞いて下さい！　あなた方は何故《なぜ》わたくし達を……⁉」

ユーフィニア姫は、新たに現れた五体のユルングに呼び掛ける。

が――返事はない。

「ケルベロス！　何か分かるか……⁉」

『いや、分からぬな。何、奴等《やつ》がかかって来ると言うならば、撃ち滅《ほろ》ぼすのみだ。それもまた良い修練となろうぞ……！』

勇ましいのは結構だが、要は何も分からないという事だ。

「ペガさん！　何か分かりますか⁉」

『た、多分……！　盟約による合意じゃなく、呪《のろ》いか何かの類で縛《しば》られてんじゃねえかなあ⁉　これはあいつらの意思じゃねえよ！　でもまあ、ほっといて逃《に》げちまえばいいんじゃね⁉　逃げよう！　な？　暴力反対！　ラブアンドピース！』

反対にガタガタと震えているが、有益な情報を投げてくるペガサスだった。

「そういうわけには参りません！　目の前で神獣が苦しんでいるならば、それを助けるのが、わたくし達聖女の務めです！　何とかしましょう！」

ユーフィニア姫が凛《りん》として、そう断言する。

幼いながらその姿は気品と風格に満ち溢《あふ》れており、アデルとしては見ているだけで幸せな気分になって来る。

そしてその望み、志を何としてでも叶《かな》えたくなる。

『な、何とかっつったってなぁ……!?』

「その、呪いとやらの出所は分からないのか!?　それを潰《つぶ》せば……！」

『あ、アデルちゃん……！　俺だってそんな便利じゃねえよ!?　そんなに鼻は利かねえよ！　すぐ近くにでもいりゃあ分かるかも知れねえけどさ！』

「なら今すぐ探しに行ってこい！　姫様、ここは我等が凌ぎます！　お急ぎを！」

「わ、分かりました！　見つけたらすぐに合図します！　アデル、神獣を先程と同じように討《う》ち果たすのは……」

「承知しております！　討たずに凌ぐだけに致《いた》します！　お早く！」

逆に全て倒せと言われても、気を溜めて放つ極大の火蜥蜴の尾《サラマンダーテイル》の攻撃《こうげき》を、あと五回も繰り出す程の余力は無い。

ケルベロスを取り込み一つになる『神獣憑依法《しんじゅうひょうい》』なら話は別かも知れないが――

いずれにせよ限界までユルングへの攻撃は控《ひか》え、凌ぎ切るしかない。

「行きます！　アデルの事を信じています……！」

ユーフィニア姫を乗せたペガサスが、その場を飛び去って行く。

「呪い……!?　出所は見つかるでしょうか、アデル殿《どの》……!?」

トリスタンがそうアデルに尋《たず》ねる。

「……見つからなかったとしても、姫様はここから離《はな》れて安全です。ならば、それで充分《じゅうぶん》です」

「！　アデル殿……ユーフィニア姫様をお逃がしになるために……!?」

「もしもの時は、トリスタン殿下もお逃げ下さい。後は私とケルベロスが引き受けます……！」

「……流石はユーフィニア姫様の護衛騎士。ご立派ですアデル殿……ですが、そんな事にはならないように、力を合わせましょう！　今ならばユーフィニア姫様の聖域も使えます……！」

だが、聖域を使えるのはあちらも同じ事――

黒い鎧の襲撃者《しゅうげきしゃ》が、紅《あか》い炎《ほのお》の輝《かがや》きを纏い始める。

あれはメルルが得意としていた、付与術法《エンチャント》だ。

やはり、あれは——

「ケルベロス！　ユルング達は元より、あの鎧の敵も殺すなよ……！」

『ふん。そなたがそうせよと言うならば、そうしてやろう……！　乗れ、アデルよ！』

「ああ、そうさせて貰う！」

アデルはトリスタンと共に、ケルベロスの背に跨《また》がった。

第6章◆皇太子襲撃事件　その2

——アデル達の戦いの様子を、遠くから見守る者がいた。

遠くの建物の屋上から、望遠鏡を覗《のぞ》き込んで楽し気に。

長い黒髪《くろかみ》をした、美しい女性——マルカ共和国のアンジェラだった。

「ん～？　ユーフィニア姫様達《ひめさまたち》は、お逃げになりましたかねえ？　それとも、もしやわたしを捜して……？　でも、方向が見当外れですねえ」

ペガサスはアンジェラがいる場所とは別方向に飛んで行き、ぐるぐると飛び回っているだけだ。そう簡単にこちらに辿《たど》り着くとは思えない。

「まあ来た所で……ですけどねえ？　邪魔するなら、容赦《ようしゃ》しませんよお？」

こちらは大国トーラストの皇太子を斃《たお》そうと言うのだ。

そのついでに小国ウェンディールの姫《ひめ》を殺す事に、躊躇《ためら》う事など無い。

「そもそも皇太子や姫なんて言う特権階級、この世界に必要ありませんからねえ。天は人の上に人を作らず——人は皆《みな》平等であるべきなんですねえ」

マルカ共和国には、人と人との間に生まれながらにしての身分差などない。

階級社会を否定し、全ての人民の平等を目指す。

それが最も、人も社会も幸せになる理想だ。

それに照らし合わせるのならば、トリスタンやユーフィニアは、排除《はいじょ》されるべき旧世代の悪。これからの世界に必要のない存在だ。

アンジェラはユルングの集団と対峙《たいじ》する、トリスタン達の戦況《せんきょう》を窺《うかが》う。

ユルング五体と、鎧の襲撃者を相手によく粘《ねば》っている。

アデルの駆《か》るケルベロスの動きは俊敏で、右に左にと駆け回り、猛攻《もうこう》をいなしている。

ケルベロスに跨《また》がるアデルの青い炎の刃《やいば》も、素早く、そして的確に攻撃を防いで見せている。

この距離《きょり》からでも伝わる――凄まじい技量と得物の威力《いりょく》だ。

「やっかいですねえ、あの人……」

アデルがいなければ、とっくにトリスタンを討ちとれているものを。

聖女のくせに、あの図抜《ずぬ》けた直接戦闘《せんとう》の技量はどうだ。

ユーフィニア姫の護衛騎士だと言っていたが、確かに護衛騎士としても超一流《ちょういちりゅう》の腕前《うでまえ》だろう。

普通《ふつう》聖女というものは、泥臭《どろくさ》い直接戦闘など行わず、手下の護衛騎士に任せて後ろでふんぞり返っているものだ。

アデルがそうでない事には好感を持たないでもないが、そもそも聖女と言う存在も、人々の平等のためには認めてはならない存在だ。

王侯《おうこう》貴族以上の、特権階級。聖女も聖塔《せいとう》教団もだ。

今はまだ人々が暮らす土地の安全確保のために頭を下げざるを得ないが、いずれその力は聖女だけで独占《どくせん》させるのではなく、切り離して全ての人々のために使わせなくてはならない。

聖塔教団の聖女達は、自分達は世界と人々のために尽《つ》くす、と言う。

そのために世俗《せぞく》の権力とは距離を置き、聖女の務めのみを果たす、と。

しかしそれは、自分達の社会的な特権を維持《いじ》する保身の方便にしか聞こえない。

そうでないと言うならば、聖女は全ての力を捨てるべきだ。

技術の革新によってその能力を特別なものではなく、誰《だれ》にでも扱《あつか》える技術に落とし込むべき——そうするための協力を、聖女達はすべきだ。

そう言ったあるべき姿は、今の聖塔教団や聖女達からは見られないのだ。

全ての人々が、平和で平等な社会で暮らすために——

それがマルカ共和国の理想。国是《こくぜ》だ。

そのためにならば、何でも利用する。

暗殺もするし、女の武器を使って、燻《いぶ》っている元騎士の野心を焚《た》き付《つ》けもする。

まあ女の武器を使う時、自分も愉《たの》しんでいるのは否定しないが。

影の任務は色々とストレスも溜まる。少しは楽しませて貰ってもいいだろう。

生物としての女ゆえ、男と交わるのはアンジェラは好きだ。

「さて……アデルさん。その健闘《けんとう》を称《たた》えて――新手を出しちゃいましょうかあ？」

アンジェラは懐《ふところ》から薄《うす》い金属の小札をいくつも取り出す。

小札の表面には複雑な文様が刻まれており、赤や青や黄色など、一枚一枚別の色が浮《う》き上がっている。

これは神獣《しんじゅう》の神滓《アニマ》の属性を現すものだ。

「封獣板《ふうじゅうばん》はまだまだあるんですからねえ」

この一枚一枚に神獣が囚《とら》われており、封獣板を持ち命令する事で神獣を使役《しえき》できる。

聖域の展開や聖塔の建造は出来ないが、神獣を戦いに利用するという、聖女の力の一部はこれで代用できる。

「これが、人々を平等にする正しい力……聖女だけの特権など、あるべきではないんですよねえ」

人の技術は日進月歩。

この封獣板が、聖女の力の一部を再現する。

いずれ全ての力を再現し、聖女の特別な力を特別なもので無くする。

それが正しい。人は平等であるべきなのだ。

「ケルベロスには、ケルベロスと行きましょうかあ」

アンジェラはにっこりと笑いながら、手に広げた封獣板の束から赤い板を複数引《ひ》き抜《ぬ》く。

これがケルベロスを封《ふう》じた封獣板だ。

更《さら》にケルベロスを三体追加――これはもう、いくらアデルと言えども防ぎ切れまい。

相変わらず、ユーフィニア姫の乗るペガサスは見当違《けんとうちが》いの場所を飛び回っている。

「さあ、これで終わりですねえ……！」

アンジェラが封獣板を解き放とうとした時――

キュオオオォォォッ！

アンジェラの後方から、何かが迫《せま》っていた。

「!?」

それは、術法で生み出された炎の鳥だ。

それがアンジェラの手元を掠《かす》めて、持っていた封獣板をその熱で溶かしてしまった。

「くっ……!?」

これでは、封獣板はその役割を果たさない。

囚われていた神獣も逃げ出してしまう。

大幅《おおはば》な――この場においては致命的《ちめいてき》な戦力低下だった。

「何者ですかあ……？　人がいい気分の時に、酷《ひど》いですねえ……！」

アンジェラが後方を睨《にら》みつけると、そこには大柄《おおがら》な、フードを目深《まぶか》に被《かぶ》った男の姿があった。

「あのあなたが、大人しくしているはずがないと思った――だから王都に戻《もど》ったと見せかけて……潜《ひそ》ませて貰っていたよ、姉さん」

「あらぁ？　ひょっとしてマッシュちゃんですかあ？」

その声は確かにマッシュのもの。

しかし、フードを捲《まく》り露になった顔は知っているのとは全く別の――獅子《しし》の魔物の顔だった。

マッシュはアンジェラに向け、自嘲《じちょう》気味に頷《うなず》く。

「安心したよ。こんな顔じゃ分かって貰えないかと思った」

「可愛《かわい》くていいんじゃないですかあ？　まあ、元のマッシュちゃんも可愛かったですから、もう見られないのは残念ですけどねえ？」

「よく言う！　自分がナヴァラの移動式コロシアムに俺を売り渡しておいて……！」

「そうですかあ？　だって驚《おどろ》いたんですもん、そんな顔になって出て来るなんて。あそこで死んで、出て来られないはずだったんですけどねえ？」

にっこりと笑うアンジェラに、マッシュは術印を構えながら応じる。

「粛清《しゅくせい》したはずの弟に手を噛《か》まれた気分はどうだ、姉さん？　俺は少しだけすっきりしているよ」

「そうですねえ。腹が立ちますから、今度こそ殺してあげたいですかねえ？」

「出来るかな!?」

マッシュは術印を切り手を上に掲《かか》げ、炎の鳥の術法を空に向けて放つ。

放たれた炎の鳥は空高く昇り、そこで大きな爆発《ばくはつ》を起こした。

これは、アデルやユーフィニア姫達《ひめたち》に対する合図だ。

気づいたアデル達が、じきにここにやって来るだろう。

「……！　マッシュちゃん、ちょっと変わりましたねえ。何でも一人で抱《かか》え込《こ》もうとする子が、人を頼《たよ》るような真似《まね》をするなんて」

「そうじゃない。信用に足るような人間が、近くにいなかっただけだ。今はいる……！」

「そうですかあ、良かったですねえ。姉さんは嬉《うれ》しいですよお？」

アンジェラはたおやかな笑みを見せ、うんうんと頷く。

「でも、ちょっと失敗しちゃいましたねえ……無駄《むだ》と思ったユーフィニア姫様の聖域、マッシュちゃんに利用されて封獣板を焼かれるなんて――わたしちょっと怒りましたからねえ？　次はこうは行きませんよお？」

頬《ほお》を膨《ふく》らませて、子供のような不満気な表情。

次の瞬間《しゅんかん》、その姿が幻《まぼろし》のように掻き消えていく。

「……逃げたか」

流石とは言いたくはないが、素早《すばや》い引き際である。

「次はこうは行かない――か。それはこちらの台詞《せりふ》だ、姉さん」

マッシュがそう呟《つぶや》いた直後、上空から名を呼ばれた。

「マッシュ！　どうしてあなたがここに……!?　王都に戻ったはずでは？」

それはペガサスの背に跨った、ユーフィニア姫である。

「姫様、説明は後でさせて頂きます。神獣を操《あやつ》っていたと思われる、術具らしきものを破壊しました！　アデル達の所に戻りましょう！」

信用に足るような人間。

マルカ共和国にいた頃《ころ》には、身近に存在しなかった人達。

その頂点にいる少女に、マッシュは深々と頭を下げた。

◆◇◆

「……！　動きが止まった……⁉」

ユルング達が、突然一斉《とつぜんいっせい》に動きを止めた。

『お、おお……！』

『我が身《み》が、自由に動くぞい……！』

『どうやら助かったようじゃ』

『全く酷い目に遭《あ》ったわい……！』

『ワシらの意思に関わりなく拘束《こうそく》し操るとは、酷い事をするもんじゃ！』

口々に言い合う、ユルング達の声が聞こえる。

「ユルング達よ！　もう我等を攻撃する意思はないのか⁉」

アデルはケルベロスの背から、そう呼びかける。

『も、もちろんじゃあ、威勢《いせい》のいい聖女のお嬢《じょう》ちゃん』

『何か奇怪《きかい》な道具で操られ、お主らを攻撃させられておった』

『すまんかったのう』

『ワシらは棲家に帰らせて貰うよ』

『仲間も弔《とむら》ってやらんといかんからのう』

「……そうとは知らず、そちらの仲間を討ってしまった事を謝罪する。済まなかった」

『残念ではあるが、仕方のない事じゃ』

『まあワシらも老い先短い身……少々来るべき時が早まっただけじゃよ』

『それより、あちらにはまだ神獣が囚われておる気配がする』

そう言ったユルングの一体は、黒い鎧の襲撃者のほうに視線を向ける。

ユーフィニア姫はあの襲撃者から神獣の声を聞いたと言うが、やはりその通りだったようだ。

『何とか助けてやってくれ……頼んだぞ』

『では行こう――』

五体のユルング達は、先にアデルが倒したユルングの亡骸に自分達の体を巻き付け、引き摺《ず》るように持ち上げる。

そしてどこからともなく土埃が巻き上がり、ユルング達の姿を覆《おお》い隠《かく》す。

――それが晴れてくると、既《すで》にユルング達の姿は無くなっていた。

神獣界へと帰って行ったのだろう。

それは人が住む世界とは層が異なるとされる、神獣達《しんじゅうたち》の空間だ。

ユルング達が去った後、その場に残ったのは黒い鎧の襲撃者だけだった。

「さあ、残るはお前だけだ……！」

アデルの言うように数的な不利は明らかだった。

だが黒い鎧の襲撃者は撤退《てったい》する素振《そぶ》りを見せず、風妖精の投槍《シルフィードスピア》を再び構える。

そしてその体が仄《ほの》かな緑色の光を放ち、渦《うず》を巻くような気流に包み込まれている。

風の神滓《アニマ》を使った付与術法《エンチャント》の術法だ。

身に纏った風の後押《あとお》しを受け、動きを高速化する効果がある。

今この場には、アデルがケルベロスと共に展開する炎の風の神滓《アニマ》の聖域と、ユーフィニア姫が超広範囲《ちょうこうはんい》に展開する万能属性《オールマイティ》の聖域が重なっている状態だ。

万能属性《オールマイティ》の神滓《アニマ》はどんな術法にも利用できるが故に万能と言われる。この術法は、ユーフィニア姫のほうの聖域を使ったものだ。

風の術法、纏追風《テイルウインド》――メルルの最も得意とする術法のはずだ。

アデルの聖域では、神滓《アニマ》の属性が合わず使う事はできない代物《しろもの》だが。

術法を発動させた黒い鎧の襲撃者は、ケルベロスの周りを駆け回り始める。

「やはり、あれはメルル……!?」

「速い……！　め、目で追うのがやっとだ……！」

トリスタンが視線を前後左右、あちこちに動かしながら言った。

敵の動きの速さ、縦横無尽《じゅうおうむじん》に動き回る軌道《きどう》は、ユルング達がいなくなったのはむしろ好都合だと言わんばかりだ。

あれだけの巨体《きょたい》がひしめき合っている状態では、ユルング達が邪魔でこのような動きは出来なかっただろう。

「確かに速い……！」

メルルがこの纏追風《テイルウインド》を使っている姿は、ユーフィニア姫も一緒に訓練している際に何度か見ている。

その時より、明らかに今この敵の動きは速い。同じ術法を使っているのに。

この動きは、未開領域に現れた首なし騎士《デュラハン》より速いかも知れない。

『アデルよ……！　捉《とら》えられるか……⁉』

ケルベロスも首を左右に、敵の高速の動きに少々戸惑《とまど》っているようだ。

「ああ、だが……！」

『錬気収束法』を目に集中すれば、不可能ではないが――問題がある。

「！　殿下《でんか》、お伏《ふ》せを！」

敵が方向転換《てんかん》し、こちらに突撃《とつげき》してくる。

狙《ねら》いはアデルではなく、後ろに乗っているトリスタンだ。

アデルは素早く身を捻って後ろを向き、トリスタンの頭を抱え込んで守りつつ、火蜥蜴の尾の刃《サラマンダーテイル》を襲撃者の進路上に突《つ》き出す。

だが敵の反応も早い。

青い炎の刃は鎧の表面を掠めたものの、直撃《ちょくげき》はせず身を捻ってすり抜けられてしまう。

しかもこちらの攻撃を避《さ》けつつ、風妖精の投槍《シルフィードスピア》をトリスタンに向けて繰《く》り出して見せたのだ。

あちらも回避《かいひ》姿勢を取ったため、その穂先《ほさき》はトリスタンの身を浅く掠《かす》める程度で済んだが。

「……っ⁉」

「トリスタン殿下！　大丈夫《だいじょうぶ》ですか⁉」

「ええ、この程度掠り傷です……！」

確かに今のは浅く装束《しょうぞく》を掠める程度。

上着の腕《うで》の部分が破れて、僅《わず》かに血が滲《にじ》んではいるが大した傷ではない。

だが、次も同じように無事で済むかは分からない。

これがアデルを狙って来てくれれば、紙一重まで引きつけ、相手の動きの軌道上に『錬気増幅法《ぞうふく》』で強化した火蜥蜴の尾《サラマンダーテイル》の刃を置き、逆に攻撃する事も可能だ。

間合いが近ければ近い程、相手もアデルの攻撃を避け辛い。

しかしトリスタンのほうを狙う相手では、紙一重まで引き付ける事が出来ない。

どうしてもその一歩手前で動かざるを得ず、それが相手にもこちらの刃を避ける一拍《いっぱく》を与《あた》えてしまう。

今のアデルは、相手の動きを見切り、勢いを利用する後の先を取る戦い方が基本だ。

相手が強敵であればあるほど、自分から仕《し》掛《か》けていく戦法では、時を遡《さかのぼ》る前の剣聖《けんせい》アデルとの差が目立つことになってしまう。

基本的な身体能力は男性の体の時に比べてどうしても下がっている上、ナヴァラ枢機卿《すうききょう》によって施《ほどこ》された人体改造で得た高い治癒《ちゆ》能力は多少の負傷を物ともせず、治癒能力が高いという事は、『気』の術法を使用した後の『気』の充填《じゅうてん》も早いのだ。

それは寿命《じゅみょう》を前借りするような危険な改造ではあるが、こと戦闘能力と言う意味では、明らかな優位点ではあった。

『奴は次の一撃《いちげき》を狙っているぞ、アデルよ！』

「ああ分かっている。ケルベロス、私が合図した方に全速で突進《とっしん》してくれ……！」

『よし……！　任せておけ！』

ここは、後の先ではなくこちらから斬《き》り込むべきだ。

あの速度の相手との攻防《こうぼう》では、長引いた時にトリスタンが無事である保証が無い。

ならばこちらから仕掛けて、早期決着を図《はか》る。

ただし、本質的に今のアデルが自分から斬り込む事に向いていないのは確かだ。

そこを埋《う》めるのが聖女としての新たな力――ケルベロスだ。

このくらい高速で動き回る相手を捉えて斬り込むには、相手の動きを見切る目、相手に追いつくための脚力《きゃくりょく》、そして火蜥蜴の尾《サラマンダーテイル》の攻撃力《こうげきりょく》の増幅。

それら三つの要素が必要になり、それぞれに『気』を分散して戦う事になる。

だがこうしてケルベロスに騎乗《きじょう》して戦う事は、足回りの部分はケルベロスに一任出来るという事だ。

ケルベロスの俊敏《しゅんびん》な運動能力は、『錬気収束法』を使うアデルに劣《おと》らない。
目や火蜥蜴の尾《サラマンダーテイル》にも『気』を回さなければならない状況《じょうきょう》では、猶更《なおさら》だ。
ケルベロスに任せた分だけ、アデルも目や攻撃に『気』を集中できる。
敵はこちらの隙《すき》を伺《うかが》いつつ、俊敏に周囲を動き回っている。
だがその動き――
『錬気収束法』を目に集中し、見切りに特化したアデルには完全に見えている。
「右ッ！　全速力で飛び込め！」
『おうっ！』
アデルの指示通りに、地を蹴《け》り突進するケルベロス。
期待通りの俊敏さで、黒い鎧の襲撃者の動きの軌道に肉薄《にくはく》していく。
すぐ手の届く距離に、相手とケルベロスの走る軌道が交差する。
「よくやった！　そこだあぁぁぁっ！」
すれ違《ちが》いざま、アデルは火蜥蜴の尾《サラマンダーテイル》の青い炎の刃を一閃《いっせん》。
それが、全身を覆う黒い鎧《よろい》の頭部を捉える。
――ガラン、ガラン……！

それは兜《かぶと》が地面に落ちて、転がる音だ。

当然、首を叩《たた》き落すなどと言う物騒《ぶっそう》な真似はしていない。

自分も愛用した術具の鎧だ。鎧の構造、継《つ》ぎ目《め》の部分も把握《はあく》している。

その一点に狙いを絞《しぼ》って、兜だけを本体と切り離したのだ。

無論それには、針の穴を通すような精密な狙いと、絶妙《ぜつみょう》な力加減が必要になる。

相手が止まっていても難しい上、更に高速で動き回っているのだ。

流石にケルベロスの手、いや足も借りたくなる所だ。

「あ、あの方は……！　アデル殿と同じ、ユーフィニア姫様《ひめさま》の護衛騎士《きし》の……!?」

「え、ええ……やはりメルル……！」

とても愛嬌《あいきょう》のある顔立ちの、金髪《きんぱつ》の少女──間違《まちが》いなくメルルだ。

こうして明らかになるまで信じたくはなかったが。

「メルル！　メルルッ！　何があった!?　何故トリスタン殿下を襲う、こんな事をしてどうなるか分かっているのか!?」

しかしアデルが呼びかけても返事はない。

普段《ふだん》よく笑うメルルだが、今は目も虚《うつ》ろで顔に全く表情らしいものがなかった。

明らかに普通の状態ではない。

そしてその顔のまま、再び高速で動き回り始める。

「……返事も無し。明らかに様子がおかしいですね……！」

「え、ええ。ユーフィニア姫様も、ユルング達も神獣の気配や声を感じていました。メルルは何らかの影響を受けているのかも知れません……！　ですから、殿下……！」

「……仲間思いですね、アデル殿は。言いたい事は分かります。まずは彼女《かのじょ》に話を聞いてみない事には、どうにもなりません。鎧を引き剥《は》がせば正気に戻ってくれるかも知れませんから、試《ため》してみましょう……！　未開領域であんな現象を引き起こしたあの鎧が、まともな代物だとはどうしても思えません」

瘴気《しょうき》に侵《おか》されて首なし騎士《デュラハン》と化してはいたが、アデルにとっては愛用して大戦を勝利に導いた相棒だ。

そう言われてしまうのは、少々物悲しいものがある。

だがトリスタンがメルルの話を聞こうとしてくれているのは有り難《がた》い。

状況的《じょうきょうてき》に、有無《うむ》を言わさず即座《そくざ》に処刑《しょけい》せよと言われても仕方がないのだ。

「分かりました、では……！」

この調子で、鎧の継ぎ目だけを狙ってメルルの体から切り離す。

狙う場所が変わるだけ。このままケルベロスに足を任せれば、不可能ではない。

「もう一度だケルベロスッ！」

『承知した！』

再びメルルに肉薄するケルベロス。

アデルは黒い鎧の肩《かた》の部分を狙って火蜥蜴の尾《サラマンダーテイル》を繰り出す。

狙い通り鎧の右肩《みぎかた》の部分が地面に落ち、今度もガランと音を立てる。

「このまま、いける……！　何者かは知らんが、メルルを操っているなら今すぐ解放しろ！

逃がしはしない！」

アデルの警告にも、メルルは無反応で動きを止めない。

ならばこのまま――

だがアデルが再びメルルに接近する前に、上から声が降って来る。

「メルル！　メルル……！　どうしたのですか!?　メルル！」

「ユーフィニア姫様！」

ペガサスに乗ったユーフィニア姫の姿だった。

ユルング達が去って行ったのは、ユーフィニア姫が上手《うま》く対処してくれたのだろう。

「姫様！　ユルング達は自我《じが》を取り戻し、去って行きました……！　ですがメルルはまだ

「それは姉の——アンジェラの仕業《しわざ》だ！　封獣板とかいう術具のようなもので、神獣を操っていたようだ……！」

それはマッシュの声だった。

振《ふ》り向くとこの墓地にマッシュが姿を現していた。

「マッシュ！　王都ウェルナに戻っていなかったのか……!?」

「ああ、姉の尻尾《しっぽ》を掴《つか》むために……な」

「ユルング達が去ったのは、マッシュが封獣板を破壊《はかい》してくれたからなのです……！」

「なるほど。ならばやはりこれは、マルカ共和国が私を暗殺しようとした企《くわだ》てですね」

トリスタンが唇《くちびる》を噛む。

「トリスタン殿下、あの鎧やメルルの様子を見るに、ウォルフ・セディスにも話を聞く必要があるかと思われます……！」

「ええ。両者が結託《けったく》したという事ですね——私の浅はかな行動が、付け入る隙を与えてしまったようです……」

もっと因果を前に遡ると、アデルがアルダーフォートの事件でエルシエルを討ったから、になるかも知れないが。

エルシエルが存命していたら、トリスタンは既に外縁未開領域《がいえん》への遠征《えんせい》に発《た》ってこの場にはいないはずだ。

しかしマルカ共和国がトーラストの皇太子の暗殺を狙うような意思を持っているとは、アデルは知らなかった。

時を遡る前の大戦の際、トーラスト帝国《ていこく》とマルカ共和国は北国同盟を組んで協力していたのだ。

同盟相手の皇太子の暗殺を狙うような関係で、どのように同盟に至ったのか？

それが分からない。こんな緊張《きんちよう》を孕《はら》んだ関係だとは知らなかった。

狂皇《きようこう》トリスタンが、無理やりマルカを従えていた？

それともマルカ側の工作で、トリスタンを狂皇として操っていた？

どちらの可能性もあるかも知れない。

ユーフィニア姫を失った剣聖アデルは怒《いか》りに突き動かされて全てを叩き潰したので、相手側の背景など気にしていなかった。

ただ目に見える敵を、ユーフィニア姫の仇《あだ》を討てればそれでよかったのだ。

しかし時を遡ってよく見てみると、これではトーラストとマルカの間で戦争が起きてもおかしくはない。

そしてその間には、ウェンディールがある。

それが別の形での対戦の引き金になりかねない状況ではある。

アデルに時を遡らせてくれたあの存在――

『見守る者達《たち》』と名乗った少年は、人の運命とは強制力を持つと言っていた。

それがこういう事なのか、と思わされる。

「ともかく、今はメルルを……！　メルル、メルル！　わたくしの声を聴《き》いて下さい！　あなたはそんな事をする人ではないはずです……！　気を強く持って！　いつものあなたを取り戻して下さい……！」

ユーフィニア姫が、必死にメルルに呼びかけている。

泣き出しそうな深刻な表情からは、心からメルルの身を案じているのがありありと伝わって来る。それ程《ほど》案じて貰《もら》えるメルルが、羨《うらや》ましくなってしまう程に。

そして、そのいたいけな真心は、誰よりもメルルに向けて伝わった。

メルルが構えていた槍を下ろし、動きを止めたのだ。

「メルル！」

「姫様のお声が届いたのか……⁉」

「違う……あたしは姫様の思うような子じゃない……道具――道具なんです……」

動きを止めたメルルは、か細い声でそう呟く。

その大きな瞳《ひとみ》から涙《なみだ》があふれて、頬を伝って行く。

「メルル……⁉」

「動きが止まった……！」

「姫様のお声が届いたのか⁉」

だが次の瞬間、メルルの顔と目が再び無表情なものに戻る。

そして、風妖精の投槍《シルフィードスピア》の穂先を自分に向けて――

自分の喉《のど》に突き刺《さ》そうとする！

「メルルっ⁉　駄目《だめ》えぇぇっ！」

「な……⁉　止せっ！」

「早まってはいけません！」

ユーフィニア姫もマッシュもトリスタンも、メルルを制止しようと声を上げる。

そんな中、アデルは走っていた。

メルルに向けて、『錬気収束法』を脚力に全て集中させた全速力で。

直前まで、アデルは『錬気収束法』を目に集中してメルルの様子を伺っていた。

その姿勢や筋肉の動き、目線、呼吸から――メルルが穂先を返す前に、何をしようとし

ているかが察知出来たのだ。

だから全力で駆け出していた。

火蜥蜴の尾《サラマンダーテイル》を伸《の》ばすのでは、間に合わない。

全速のアデルは火蜥蜴の尾《サラマンダーテイル》が鞭《むち》状に伸びる速度よりも速い。

これが一番速いのだ。

「やらせんッ！」

アデルは穂先がメルルの喉を突く前に、割《わ》り込む事に成功した。

ただし飛びついて自分の体を盾《たて》にする事しか出来ず、風妖精の投槍《シルフィードスピア》はアデルの肩に突き刺さっていた。

「ぐっ……っ⁉」

鋭《するど》い痛みが走るが、今はそれに構っていられない。

アデルはメルルともつれ合って倒《たお》れ、そのままメルルを押さえ込みにかかる。

「ああ……っ⁉」

「アデル殿《どの》！」

「アデル！　大丈夫か⁉」

「それよりメルルの武器を奪《うば》ってくれ、マッシュ！」

「よ、よし！　分かった！」

マッシュが駆け寄り、メルルの手から槍を奪い取った。

アデルはそのまま、腕の力を『錬気収束法』で高め、暴れようとするメルルを抑え続ける。

「メルル！　大人しくしろ！」

しかし、虚ろな目をしたメルルは、凄《すご》い力でアデルを振り解《ほど》こうとするのを止めない。

アデルの呼びかけに返事もしない。

「くっ……先程《さきほど》は姫様の呼び掛《か》けで意識を取り戻したように見えたが……！」

「また、元に戻ってしまったのか……⁉」

マッシュは風妖精の投槍《シルフィードスピア》を深く地面に突き刺し、動かないように押《お》さえつけている。

風妖精の投槍《シルフィードスピア》は持ち主の意思で飛び立ち、手元に戻って行く効果がある。それを止めている、という事だ。

『助けて……！　助けて……！　ここから出して――！』

メルルのものでもユーフィニア姫《ひめ》のものでもない少女の声が、アデルの耳に聞こえて来る。

「……⁉」

『誰か、誰か……！』

「これは神獣の声……⁉　メルルから⁉」

聞こえてくる出所は、目の前の感情の無い目をしたメルルからだ。

「そうか、これが……！」

ユーフィニア姫が聞いたと言う、神獣の声だろう。

ここまでメルルに密着したため、アデルにも聞き取る事が出来たのだ。

『このままじゃ、私がこの子を殺しちゃう……！　成功でも失敗でも、終わったら宿主を殺せって命じられたから……！』

「……！　なるほどな、そう言う事か……！」

「どういう事だ、アデル⁉」

「メルルが自害しようとしたのではなく、メルルの中にいる神獣を封獣板で操っている者がそうさせたのだ……！　全ての責任をメルルに押し付けるために……！」

この黒い術具の鎧で戦力が上がるという面もあるだろうが、それが大きい。

メルルがこの鎧を着てトリスタンを襲《おそ》い、暗殺が失敗した際は自害させれば——

全てはメルルが行った事として、後は知らぬ存ぜぬを貫《つらぬ》く事も出来る。

こちらはその背後の関係に気づいているが、それを証明するものが無い。

メルルが生きていていれば話は違うが――

証拠《しょうこ》の無い状態で相手を非難しても、相手側から有りもしない事でこちらを陥《おとし》れようとしている、と反論されれば、やったやらないの水掛《みずか》け論《ろん》に陥《おちい》ってしまう。

マルカ共和国のアンジェラや、セディス家の当主ウォルフからすると、それが最低限の事後処理という事だろう。

「成否に関わらず全ての犯人はメルル。それが自害をしたため、真相は闇《やみ》の中という事だな……！　つまり、セディス家の連中もメルルを捨て駒《ごま》に……！」

「ああ、だがそんな事を許すわけにはいかん！」

「その神獣の封獣板を破壊できればいいが、どうやって探す!?　このままではメルルは、手を離《はな》した隙に自害しようとしかねないぞ……!?」

「わたくしに、やらせてください……！」

真剣《しんけん》な表情をしたユーフィニア姫が、メルルの前に進み出る。

「姫様……!?　危険です、お下がりください！　今のメルルは何をするか……！」

アデルの制止にも、ユーフィニア姫は首を横に振る。

「心配をかけてごめんなさい。ですがメルルを救うためには、わたくしも出来る限りの事を……！」

「姫様……何かお考えがおありなのですか？」

「はい。メルルを操る神獣を、メルルから引き剥がしてみます」

ユーフィニア姫はメルルの側に膝《ひざ》を突き、表情の無い顔をそっと撫《な》でる。

「で、出来るのですか……!?」

「確信はありませんが……わたくしはメルルの中にいる神獣の声を遠くからでも聞く事が出来ました」

「はい。私にはこうしてメルルに密着して始めて聞こえました。やはり姫様の聖女のお力には、私など到底及《とうていおよ》びません」

「いえアデル。それは優劣《ゆうれつ》ではなく、相性《あいしょう》……わたくしは恐《おそ》らくこの神獣と盟約する事が出来るでしょう」

「なるほど！　盟約によって姫様の影《かげ》に取り込む事で、神獣が封獣板から解き放たれるという事ですね……！」

「ええ、マッシュ。わたくしに出来るのはその位です……！」

その位どころか、それが出来れば一気にこの状況を解決できる最高の妙手《みょうしゅ》だ。

ならばここは、ユーフィニア姫の力に頼るしかないだろう。

「神獣《しんじゅう》よ……わたくしの声を聴き、わたくしと共に、この世界に在らん事を……！」

メルルに触《ふ》れたユーフィニア姫の手が、淡《あわ》い光に包まれて行く。

ユーフィニア姫にぴったりな、清らかで優《やさ》しい輝《かがや》きだ。

それがメルルの体も包み込んで行くと、メルルの中からキラキラとした光の粒子《りゅうし》が立ち上って行く。

そしてそれは、ユーフィニア姫の胸に吸《す》い込まれるように向かって行く。

盟約が進んでいる――

アデルがケルベロスと盟約した時も、ケルベロスの体があのような光になって、アデルの中に入って来たはずだ。

「よし……」

ユーフィニア姫の集中を妨《さまた》げてはいけない。

アデルは小声でそう呟く。

「順調なんだな……？」

マッシュの問いに頷こうとした時、異変が起こる。

光の粒子の色が黒く染まったものに急激に変化した。

そしてそれが意志を持つように、鞭のように収束してユーフィニア姫を締《し》め付けようとするのだ。

「ああっ⁉」

「姫様っ！」

封獣板《ふうじゅうばん》に神獣を縛《しば》っている力が、邪魔《じゃま》しようとするユーフィニア姫に抵抗《ていこう》しているのだろうか。

いずれにせよユーフィニア姫に危害が及《およ》ぶようならこれ以上は続けさせられない。

「ま、待って下さい、アデル……！　せめて、テオドラ様に教えて頂いたあの技を！」

ユーフィニア姫の体を包む光が、強く激しく輝き始める。


バシュウウウウゥゥゥゥンッ！


同時にかなり遠くの空に、白い光の柱が立ち昇《のぼ》るのが見えた。

「あ、あれは……⁉」

「未開領域で見た光の柱に似て……⁉」

「はい……！　聖塔《せいとう》に力を与える際に使う神滓《アニマ》の柱です……」

ユーフィニア姫は肩で息をしていた。

かなりの消耗《しょうもう》があったのだろう。

強い光に包まれた時に、身を縛っていた黒い鞭のような光は消えたようだが。

「妨害《ぼうがい》されましたが、途中《とちゅう》まで盟約は進んでいました……盟約とは神獣と一つになる事。ですから、神獣を縛る力の出所を感じることが出来ました。そこに、あれを……！」

「という事は、あれは目印……！　場所は——そうか、やはりセディス家の屋敷《やしき》だな」

「あそこに封獣板があるという事ですね！」

「よし、マッシュ……！　私は封獣板とやらを破壊に行く！　姫様とメルルを頼《たの》む！」

「いや待て、君は怪我《けが》だってしてるじゃないか！　俺《おれ》は無傷だし、俺が行くべきだ」

「この程度、大した事は無い」

「何を言ってる、服だって血だらけだぞ！　何にせよとにかく手当てをした方がいい！」

「む……？」

そう言えば、風妖精の投槍《シルフィードスピア》に突き刺された肩はかなり痛む。

時を遡る前ならば、こんなに服を血で汚《よご》す前に出血が止まっていただろうに。

「ペガさん！　アデルの代わりにメルルを押さえて下さい！」

「こちらの槍は、私が……！　とにかくお早くアデル殿の手当を……！」

ペガサスとトリスタンが、メルルと風妖精の投槍《シルフィードスピア》の押さえを交替する。

メルルにペガサスを触れさせるのはある意味危険だが、そうも言っていられない。

幸いユーフィニア姫が途中まで盟約を勧《すす》めた事で、メルルと彼女を操っている神獣の力は弱まっているようだ。

トリスタンとペガサスが、余裕《よゆう》をもって押さえ込むことが出来ている。

「アデル。す、済まん……少し触れるが我慢《がまん》してくれ」

「何を謝《あやま》る事がある？　こちらこそ手間をかけさせて済まん」

「わたくしもお手伝いします！」

「ありがとうございます、姫様。同じ女性の方がアデルも安心でしょう」

「こういった事は経験があまりないので、不慣れですが……」

「勿論《もちろん》お教えします。傷口に布を当てて、その上から強く縛って……」

「はい……！」

ユーフィニア姫とマッシュが二人で、アデルの肩の傷の止血をしてくれた。

「よし、ひとまずはこれでいい」

「助かった。では、封獣板を破壊しに行って来る……！」

「いや待ってくれ、それは俺が……！」

「お二人で向かって下さい。ここは私が守ります」

マッシュとアデルに向けて、トリスタンがそう提案してくれる。

「戦力は多い方がいい。ここは殿下のご提案に甘《あま》えよう、アデル」

「二人とも。わたくしは大丈夫ですから……！」

時を遡る前のアデルなら、ユーフィニア姫がそう言っても狂皇トリスタンに任せるなどとんでもないと反対しただろう。

だがこの状況と今のトリスタンならば——そう思ってしまう事が、今回の事件で一番の驚《おど》きかも知れない。

「……承知しました、姫様。ではマッシュと共に行って参ります」

アデルが微笑《ほほえ》むと、ユーフィニア姫は申し訳なさそうに俯《うつむ》いてしまう。

「ごめんなさい……わたくしが上手く盟約できていれば、傷ついたあなたに無理をさせる事などなかったのに……」

「姫様……」

震《ふる》える声に、大きな瞳いっぱいに溜《た》まった涙。

それが自分のためのものだと分かっているので、アデルとしては感動して胸の震えを感じてしまう。逆にアデルの方が涙を流してしまいそうだった。

もしかしたら、時を遡る前のユーフィニア姫もアデルを見てこんな顔をしていたのかも知れない。盲目《もうもく》のアデルには、細かい表情の変化は分からなかったが。

「王都ウェルナを発つ前に申し上げましたように、私は姫様の手足。手足を動かすのに謝る必要など御座《ござ》いません。何もお気になさいませんよう」

「わたくしは、手足が傷つけば痛いです……気にしない事などできません」

ユーフィニア姫の大きな瞳から、一筋の涙がこぼれる。

「……っ！」

「ごめんなさい、こんな事を言ってもあなたを困らせるだけなのに……」

「いいえ！　それ程私の身を案じて下さり、私は……私はあああぁぁぁっ！」

ユーフィニア姫の何倍もの涙がアデルの頬《ほお》を伝っていた。涙で前が見えない。

人の表情というものは、実に多くのものを相対する人間に伝えているものだ。

特に、少し前まで盲目だった者にとっては、新鮮《しんせん》であり刺激《しげき》が強い。

ユーフィニア姫が涙を流して心配してくれる姿を見せられては、こちらも感涙《かんるい》を禁じ得ないだろう。

そんなアデルの目元を、ユーフィニア姫がハンカチで拭《ぬぐ》ってくれる。

「こ、これは失敬を……！」

「ふふふっ。手足とわたくしは繋《つな》がっていますもの。仕方が無いですよね？」

とは言うもののユーフィニア姫の涙は止まり、たおやかな笑顔《えがお》に変わっていた。

「……！　神滓《アニマ》の柱が消えかけて来た！　アデル、急ごう！」

「ああ、分かった！　では姫様、行って参ります！」

「はい。アデルもマッシュも無事で……！」

「「ははっ！」」

声を揃《そろ》えて頭を垂れると、アデルとマッシュはケルベロスの背に乗りセディスへと急行した。

「神滓《アニマ》の柱はあそこか……！」

マッシュが指差したのは、セディス家の邸宅《ていたく》の中庭だ。

そこから神滓《アニマ》の柱が空に向かって立ち上っている。

だがその足元、地面には特に何かがあるわけではない。

単なるよく手入れされた庭の芝生《しばふ》だ。

「神滓《アニマ》の柱は封獣板から発生しているはずだ！　地上にないと言うならば……！」

「ああ、アデル。地下だな——屋敷の者を捕《つか》まえて、地下への入口を……！」

「いや、そんな暇《いとま》はないぞ、ここは……！」

言ってアデルは、火蜥蜴《サラマンダーテイル》の尾の刃《やいば》を大きく、強く形成する。

「なるほどな。強行突破《とっぱ》か」

「ああ、やるぞマッシュ！　ケルベロス！」

「分かった！」

『おう……！』

火蜥蜴《サラマンダーテイル》の尾の刃に、炎《ほのお》の鳥の術法、そしてケルベロスの炎の吐息《といき》。

それらを一斉《いっせい》に浴びせて、神滓《アニマ》の柱の根元を抉《えぐ》って行く。

かなり派手な音が響《ひび》き渡《わた》るが、館から人は出てこない。

もぬけの殻《から》に近い状態だろうか？　ならば強行突破で正解だろう。

神滓《アニマ》の柱が消えてしまう頃《ころ》には、中庭に空けた大穴が地下の空間に繋がっていた。

「よし、開いた……！　飛び込《こ》むぞ、マッシュ、ケルベロス！」

二人でケルベロスの背に乗り、地下の空間へと飛び込んで行く。

そこは地上の屋敷よりも広いくらいの広大な空間で、だが酷《ひど》く空気の淀《よど》んだ、陰鬱《いんうつ》な雰《ふん》囲気《いき》だ。

まるで牢獄《ろうごく》――

この雰囲気はアデルにも、マッシュにも、よく馴染《なじ》みがあった。

「これは――よく似ているな、マッシュ」

「ああ、ナヴァラの移動式コロシアムにな。匂《にお》いと言うか、空気がな」

「……となればロクな事はしているまい」

地下に隠《かく》れて、人目につかぬように行っている事だ。

「……もぬけの殻か？　いや、そんな筈《はず》は無いな。先程まで神滓《アニマ》の柱があったのだ。少なくとも封獣板は遠くには行っていないはず……」

「アデル！　こっちだ！　人がいる……！」

マッシュがアデルを手招きするのは、小さな牢屋《ろうや》が並ぶ一角だ。

その中の一つに――背の低い痩《や》せた男の子が倒れていた。

不自然なくらいに痩せていて、碌《ろく》に食べられていない事が一目で分かる。

こんな子がこんな所に囚《とら》われている事は異様だ。

本当にナヴァラの移動式コロシアムと似たものを感じる。

「一体何が行われているんだ、ここは……⁉」

マッシュが厳しい表情で唸《うな》る。

「君、大丈夫か⁉」

「あ……？　う、うん……」

「じっとしていろ。今出してやる！」

アデルは火蜥蜴《サラマンダーテイル》の尾の刃を構え、牢《ろう》の鉄格子《てつごうし》を一閃する。

蒼《あお》い炎の刃が、太い鉄柱に食《く》い込み斬り抜《ぬ》けた。

それが床《ゆか》に落ちて、地下いっぱいに響き渡るような大きな音を立てる。

「よし……！　さあ、外に──」

「危ない！　アデルッ！」

直後、必死の形相をしたマッシュが横から飛びついて来る。

「……っ!?」

押し倒されながら、後方に地を這《は》う巨大《きょだい》な衝撃波《しょうげきは》が見える。

直後にそれがアデル達に触れ、体が大きく弾《はじ》き飛ばされた。

床に勢いよく叩きつけられ、そのまま何度も転がって、ようやく止まる。

「マッシュ！　すまん……！　大丈夫《だいじょうぶ》か!?」

アデルは身を起こしながら、マッシュに問いかける。

今のはマッシュに割り込んで貰わなければ危険だった。

「あ、ああ……アデルは大丈夫か？」

「こちらは大した事はない、お前のおかげだ……！」

弾き飛ばされる際もマッシュが身を盾にしてくれたため、アデルが受けた衝撃《しょうげき》はそこまでではなかった。

「そ、そうか……」

マッシュの言葉の調子が怪《あや》しい。意識が朦朧《もうろう》としている様子だ。

「このまま休んでいろ。後は任せてくれ……！　ケルベロス、マッシュを安全な所に！」

『う、うむ……承知した』

そう応じるケルベロスは、牢の中にいた少年を口に咥《くわ》え、体から血を流していた。

「……！　そうか、お前はその子を……よくやってくれた、大丈夫か？」

マッシュはアデルを庇《かば》ったが、ケルベロスは少年を救出しに飛び込んでいたのだ。

結果ケルベロスも衝撃波を浴び、傷を負ったのだ。

それでも、少年を救出できているだけ上々である。

『ふん。こんなもの、大した事はない』

そう強がりはするものの、足取りもふらついている。

このままでは満足な動きは出来ないだろう。

「こ、この人はおれが……！　大丈夫だから……！」

少年はケルベロスの口から降り、何とかマッシュを引き摺《ず》ろうとする。

「ああ、任せた……！　ケルベロス、お前は私の中で休んでいろ。場合によってはあれを使う。万全《ばんぜん》の状態を整えておきたいのでな」

『……我は問題ないと言うのに、仕方があるまいな』

そう言ったケルベロスの姿が消え、アデルの影に同化する。

実際の所、ケルベロスの負った傷は大きい。

暫《しばら》くアデルの影に同化し休ませないと、切り札である『神獣憑依法《しんじゅうひょうい》』の発動も難しい。

聖女の体内に同化した状態では、神獣の負傷は急速に癒《いや》されて行く。

ここからはケルベロスの回復を待ちつつ時間を稼《かせ》ぐ必要がある。

「ああ。後でまた頼むぞ」

アデルはそう言いながら、攻撃《こうげき》を仕掛《しか》けて来た敵の方を向く。

それは、全身に黒い鎧の術具を身に着けた人影《ひとかげ》だ。

無論、それはメルルではない。

武器も風妖精の投槍《シルフィードスピア》ではないし、何より感じる気配が違う。

そしてその強烈《きょうれつ》な気配には覚えがある。

「ウォルフ・セディスだな……!?　私達が牢獄の子供に気を取られた所を不意討《ふいう》ちとは、卑怯《ひきょう》な真似《まね》をする……！」

アデル達はマッシュのおかげで直撃《ちょくげき》を避《さ》けたが――

牢屋はぐしゃぐしゃにひしゃげた、酷い有様になっている。

ケルベロスが救ってくれたからよいものの、そうでなければあの少年の命は無かっただろう。

「数の上での不利は否《いな》めん。使えるものは使う、それだけだ」

「ふざけた事を言うな！　もし何かあれば、あの子の親がどれほど悲しむか……！」

「ならば問題はない。あれの親は私だ、私のために役立った事を褒《ほ》めてやろう」

「何……っ⁉　貴様、メルルだけではなく……！」

「ここは私の子を鍛《きた》え上げるための訓練所、優秀《ゆうしゅう》なものだけが生き残る。メルルは生き残って外に出た——そこの者は、囮《おとり》程度にしか使えぬという事だ」

「それでも親か⁉　我《わ》が子を何だと思っている⁉」

「道具だ。それをどうしようが、親の勝手……！」

「！　なるほどな……メルルもそう言っていたが——」

物心ついた時に孤児院《こじいん》にいたアデルには、親というものがどういうものかは実感ができない。だが、ウォルフが親として正しいとはとても思えない。

親の顔も知らないアデルにすらわかる事だ。

「ある意味で、安心をした。貴様にはメルルの父親だからと言って、遠慮《えんりょ》する必要は無さそうだ……！　さあ、メルルに取り付いた神獣の封獣板を破壊させて貰うぞ」

アデルは火蜥蜴の尾《サラマンダーテイル》の青い炎の刃を、前後に伸ばした双身剣《そうしんけん》にして身構える。

「やはりな。ユーフィニア姫と屋敷に訪《おとず》れた際に、只者《ただもの》ではないと思っていた。聖女でありながら、『気』の術法をも操《あやつ》るとは……」

「……それを一目で見抜《みぬ》くという事は、やはり貴様も——」

ウォルフ・セディスの身を包む黒い鎧《よろい》の術具からは、『錬気増幅法《ぞうふく》』によってその性能を増大させている圧倒的《あっとうてき》な気配を感じる。

未開領域の首なし騎士《デュラハン》や、あれを纏《まと》ったメルルではなく、このウォルフが最も時を遡《さかのぼ》る前の剣聖《けんせい》アデルに近しいだろう。

同じ術具と、同じ『気』の術法を操る者だ。

「そしてその鎧は、メルルが着ていたはずだが？　元々二つあったのか、それとも呼び寄せたのか」

時を遡る前。特にユーフィニア姫が亡《な》くなってからの事だが、この鎧は離れていてもアデルが心の中で呼べば飛んできて装着されたり、多少の損傷は自然と修復されたりと、様々な怪現象《かいげんしょう》を発揮していた。

アデルはそれを『錬気増幅法』により『気』が染《し》み着いた結果と解釈《かいしゃく》していたが——

先程はメルルに装着されていたが、ウォルフの体の大きさに変形する事もあり得る。

そしてそれが出来るなら、ウォルフの『気』の術法の実力は、時を遡る前のアデルに匹《ひっ》敵《てき》するという事だ。

「後者だ。この『嘆《なげ》きの鎧』に使われている神滓《アニマ》結晶《けっしょう》は、神獣を無理やり捕《と》らえて殺し、凄《すさ》まじい怨念《おんねん》を凝縮《ぎょうしゅく》させた特別製――それが宿主の怨念に共鳴し、力を増す。呼び寄せは、この『嘆きの鎧』が私の怨念を喰《く》らおうとしているに過ぎん」

「……！　『嘆きの鎧』と言うのか」

その銘《めい》をアデルは初めて聞いた。

時を遡る前のユーフィニア姫も、それは知らなかったから。

神獣の怨念が凝縮されているゆえに、使用者の怨念に反応して力を増すというのも初耳だ。そしてその傾向《けいこう》が『錬気増幅法』によってさらに増幅される、と。

確かにユーフィニア姫を亡くしてからの方が、この『嘆きの鎧』は圧倒的な戦力を発揮していたように思う。

それはアデルの『気』の術法の力が向上したのではなく、ユーフィニア姫を失った絶望や怒り――すなわち嘆きがそうさせていたのだろう。

精神が己《おのれ》の力を限界以上に引き出していた、と曖昧《あいまい》な解釈をしていたのだが、それだけではなく『嘆きの鎧』のほうに明確な根拠《こんきょ》があったのだ。

そしてメルルも、あの明るい笑顔の裏にウォルフ・セディスの道具として育てられた経験ゆえの葛藤《かっとう》や、悲しみを抱《かか》えていたのだろう。

人には言えないそれが、『嘆きの鎧』と共鳴し——普段《ふだん》のメルル以上の力となっていたのだ。

ウォルフや時を遡る前のアデルは、それを更《さら》に『錬気増幅法』で強化できる。

ただ、今のアデルにはそれは難しいだろう。

今のアデルは護衛騎士として再びユーフィニア姫の側にあり、現状に満足している。

その満たされた精神状態では、『嘆きの鎧』の真の力は発揮できないだろう。

「どうだ、私と手を組む気はないか？」

ウォルフがアデルに向け、手を差し伸べる。

「何……!?」

「我々がトリスタンを討《う》つのに協力し、それに乗じてマルカ共和国がトーラスト帝国を滅《ほろ》ぼせば——旧トーラスト領の一部を我が国《くに》として割譲《かつじょう》する取り決めだ。良い思いをさせてやれるぞ？」

「なるほど、それがメルルを使ってトリスタン殿下《でんか》を襲わせた理由か。一介《いっかい》の商人風情《ふぜい》が国を望むなど、大それた妄想《もうそう》だ！」

「何も大それた事ではない。『気』の術法は聖王国初代王をはじめ、世界歴代の英雄達《えいゆうたち》の御業《みわざ》——それを扱《あつか》う者にこそ相応《ふさわ》しい立場というものがある。そうは思わんか？」

「思わんな！　私の『気』の術法の力も、聖女の力も、全てはユーフィニア姫様《ひめさま》にお仕えするためのものだ！　貴様のために使う力などない！」

アデルはきっぱりと、ウォルフの問いかけを否定する。

「愚《おろ》かだな。あんな小娘《こむすめ》に飼い慣らされて満足しているとは」

「貴様ほどではないな……！　その年齢《ねんれい》にまでなって、肥大した自我《じが》と現実の折り合いをつけられぬとは見苦しい！」

「いいや、違《ちが》うな――」

「なに？」

「年を経るごとに、諦《あきら》めがつくのではなく、幾重《いくえ》にも積もり積もって行くのだよ。そしてそれが、確実に私の力になる……！　いいものだな、この『嘆きの鎧』は……！」

確かに『嘆きの鎧』を『錬気増幅法』で強化したウォルフの身は、異様な黒い輝きすら帯びている。

かつては騎士としてウェンディール王国に仕えていたと言うが、追放され燻《くすぶ》っているうちに募《つの》らせた妄執《もうしゅう》が、その力の源になっているのだろう。

理由は違えど、ウォルフから感じる力は、時を遡る前にエルシエルや狂皇《きょう》トリスタンを倒した時のアデルに匹敵するかもしれない。

「同じ『気』の術法の使い手とは言え、この鎧を纏う私を相手に勝ち目はないぞ？　降伏《こうふく》するなら今の内だ」

「断る。貴様に負けるようでは、私が私である意味がないからな」

ウォルフがかつての剣聖アデルに近いなら――

それを、今の女性の体になったアデルが超《こ》えていなければ意味がない。

それでは今度こそユーフィニア姫を守り、幸せな一生を歩んで貰《もら》うというアデルの望みは果たせない。これは今の自分を試《ため》すいい機会でもあるだろう。

「それに鎧がメルルから離れたということは、姫様達《ひめさまたち》が無事でおられる確率が上がったという事だ。むしろ歓迎《かんげい》するぞ！　後は心置きなく貴様を倒し、封獣板を破壊《はかい》するのみ！」

「豪気《ごうき》な娘《むすめ》だ。ならば、捻《ね》じ伏《ふ》せるのみ。安心しろ、命までは取らん。私以外の『気』の術法の使い手を見たのは初めて……それに子を産ませれば、良い道具が出来そうだ」

「ふん、やれるものならやってみろ！　口だけならば何とでも言える！」

「では、そうさせて貰おう！」

ウォルフが手に持った剣《けん》を縦に一閃《いっせん》する。

剣自体は、業物《わざもの》ではありそうだが術具ではないだろう。

だが凄まじい勢いの威力《いりょく》の剣閃《けんせん》と、『嘆きの鎧』から溢《あふ》れ出る力が合わさり、強烈な衝撃波を生む。

ドガガガガガガガッ！


足元の石畳《いしだたみ》に轍《わだち》を残しながら、突《つ》き進《すす》んで来る。

まるで超一流《ちょういちりゅう》の使い手による術法だ。

それを特に疲労《ひろう》や消耗も無く、無制限に乱発できる。

何故《なぜ》それが分かるかと言うと、『嘆きの鎧』を身に纏った剣聖アデルもそうだったからだ。

これが、多数の相手に単騎突入《たんきとつにゅう》し殲滅《せんめつ》する、常識外れの戦い方を可能としていた。

普通《ふつう》の術法には聖域に満ちる神滓《アニマ》が必要となるし、あまりに乱発すると消耗して、疲労《ひろう》困憊《こんぱい》になってしまう。

また、聖域を作り出すには聖女の存在が必要となる。

そして聖女自身は、聖域を展開している間は術法を使えない。アデルが知っている例外は、エルシエルだけだ。

つまり、術法で多数を殲滅するには必ず二人以上は必要になる。

すなわち単騎《たんき》でそれを行うのは常識外れ、という事だ。

だが、それを称賛《しょうさん》しているだけでは始まらない。

「はぁっ！」

アデルは右方向に、衝撃波の軌道《きどう》の範囲外《はんいがい》に身を運ぶ。

あくまで小刻みなステップで、衝撃波のギリギリ外を縫《ぬ》うように。

大きく跳躍《ちょうやく》すれば、その着地の瞬間《しゅんかん》を狙《ねら》われる。

最も隙《すき》を少なくやり過ごすには、この避《よ》け方《かた》だ。

無論ウォルフの攻撃は一撃《いちげき》で終わらず、連続して剣閃の衝撃波を繰《く》り出して来るが、アデルはその間を縫うように、身を運んで行く。

その動きは、まるで極上《ごくじょう》の舞踏《ぶとう》のようだ。

ウォルフも衝撃波の速度や範囲《はんい》、軌道など計算しながら放っているが、アデルは全く平然と、衝撃波の間をすり抜けて行く。

「美しい動きだ。見事なものだな……！　だが避け続けているだけで、私は倒《たお》せんぞ！」

ウォルフの指摘《してき》はその通り。

だが、こちらにとってそれは悪くない。

アデルの中に入っている、ケルベロスの回復を待つ時間を稼げるからだ。

それに自分から斬《き》り込む事は、アデルにとって最適の戦法ではない。

相手の動きを見切り、利用し、隙を狙って『錬気増幅法』で高めた火蜥蜴の尾《サラマンダーテイル》の一撃を叩《たた》き込む後の先が基本。

今はまだ、仕掛ける段階ではない。

ウォルフも衝撃波を撃《う》つだけに留《とど》めているのは、まだこちらを窺《うかが》っている段階だろう。

「さあな！　年齢的《ねんれいてき》に、先に疲労するのはそちらだろうと思うがな……！」

「ならば、そうなる前に終わらせて貰おうか！」

アデルの挑発《ちょうはつ》が効いたのか、先にウォルフが動く。

大上段から大きく剣を振《ふ》り抜き、一段と大きな衝撃波を放つ。

そしてその影に隠れるように、自らも突進《とっしん》してくる。

衝撃波を盾《たて》にして、一気に距離《きょり》を詰《つ》めるつもりだ。

そしてアデルがあれを避けた所に、斬り込むという事だ。

「……！　なるほどな！」

アデルはあえて、真後ろにステップして真っすぐに下がる。

衝撃波は目との鼻の先、それでも方向転換《てんかん》は行わずに後退し続ける。

四方を石壁《いしかべ》に囲まれたこの地下の空間では、当然背後に壁《かべ》が迫《せま》って来る。

――ここだ！

火蜥蜴《サラマンダーテイル》の尾に双身剣の刃を生成。

それほど強く『気』を注ぐ必要はない、赤い炎の刃だ。

そしてそれを、ぐるぐると風車のように旋回《せんかい》させる。

「……!?」

直後、戸惑《とまど》うような気配を見せるウォルフ。

直後、アデルは大きく右に跳躍していた。

アデルのいた位置と、ウォルフの放った衝撃波とウォルフ自身の位置が入れ替《か》わる。

そしてウォルフの目の前には——分厚い石壁がすぐそこに迫っていた。

「なにっ!?」


ドガアアアアアアアアンッ!


衝撃波とウォルフ自身が壁に激突《げきとつ》する音が、その場に大きく鳴り響く。

アデルが真っすぐ下がったのはこのため。壁を利用するためだ。

そして、最後に火蜥蜴《サラマンダーテイル》の尾の刃を回転させて見せたのは目眩《めくら》まし。ウォルフの注意を引き、視界を阻害《そがい》して壁との距離を測り難《にく》くさせるものだ。

それが嵌《は》まり、ウォルフは壁に激突。その背中はがら空きだ。
ここが、後の先である。
「喰らえぇっ！」――
火蜥蜴の尾《サラマンダーテイル》への『錬気増幅法』に『気』を集中。
ウォルフの背に向けて青い炎の刃を全力で突き出す。
それがウォルフの背に突き刺《さ》さる、確かな手応えを感じたが――
『嘆きの鎧』の装甲《そうこう》は貫《つらぬ》けない。僅《わず》かに表面が歪《ゆが》んだ程度か。
直後、ウォルフの姿が歪んで消えた。
「っ⁉」
アデルの目にも止まらない動きだ。
姿が歪んで消えたようにしか見えなかったが、それ程《ほど》高速で動いたという事だ。
『錬気増幅法』に集中していたため、動きを追えなかったのだ。
直後に感じる殺気。
『気』の流れを切り替え『錬気収束法』で目に集中。
こちらに肉薄《にくはく》するウォルフの姿を視界に捉《とら》えた。
「もらった！」

「させんっ！」

アデルは半身になって、ウォルフの縦切りの一閃を避ける。

ほんの紙一重。幅広《はばひろ》の刃に自分の姿が映るのが見える程だ。

逃《に》げ遅《おく》れた髪《かみ》の一房《ひとふさ》が斬り落とされ、はらりと散ってその場に落ちる。

即座《そくざ》に斬り返される横薙《よこな》ぎは、側面に宙返りをするように剣の軌道の上に身を運ぶ。

直後に胸元《むなもと》に突き刺される突きは、脚《あし》を後ろに引いて再び半身で避ける。

ウォルフはアデルの動きに反応して追おうとするが、突きを繰り出した姿勢が前につんのめるようになり、間に合わない。

それは火蜥蜴の尾《サラマンダーテイル》の炎の鞭《むち》が腕《うで》に巻き付いて、ウォルフの腕を引いたからだ。

『錬気収束法』で目や脚の動きを強化しないと、恐《おそ》ろしく速いウォルフの攻撃を捌《さば》く事はできない。

火蜥蜴の尾《サラマンダーテイル》の『錬気増幅法』に割《さ》く余裕は無いが、火蜥蜴の尾《サラマンダーテイル》を無強化で使う事は出来る。

今がそれだ。鞭状に伸《の》ばして使い、ウォルフの姿勢を崩《くず》した。

力と力で引き合うような形になれば、こちらが引き摺られる事になる。

が、相手の動作、力の向きを見切れば、このように使う事も出来る。

「ちぃっ！」

前のめりに膝《ひざ》を突き、舌打ちするウォルフ。

その視界の端《はし》に、しなやかな肌色《はだいろ》が──女性の艶《なま》めかしい脚が映る。

「でぇぇぇぇいっ！」

アデルが姿勢を崩したウォルフの側頭に、思い切り蹴《け》りを叩き込んだのだ。

元々脚は、高速での攻防《こうぼう》のために『錬気増幅法』で強化している。

それは打撃《だげき》に転用しても、十分に常識外れの威力を発揮する。


ドゴオオォォォッ！


女性の蹴りにしては、異常なまでの打撃音《だげきおん》が響く。

先程《さきほど》全力の火蜥蜴の尾《サラマンダーテイル》の突きを入れても、『嘆きの鎧』の装甲は抜けなかった。

この状況《じょうきょう》では気を溜め込む事は出来ず、あれ以上の攻撃力《こうげきりょく》は出せない。

ならば手を変える。

頭部を強く打撃して、鎧の中のウォルフ自身の意識を奪《うば》おうという事だ。

「ふっ……脚癖《あしくせ》の悪い聖女殿《どの》だ」

「仕方あるまい、育ちが悪いのでな！」

アデルの全力の蹴りにも、ウォルフは一瞬《いっしゅん》揺らいだ程度だろうか。

だが、火蜥蜴の尾《サラマンダーテイル》で背を突き刺すよりも効果はあるかも知れない。

このまま、これを続ける——そう思った矢先の事だ。

「ならばこちらも、それを見習うとしよう！」

ウォルフが構えた剣の切先は、アデルの方向を向いていなかった。

「それえぇぇいっ！」

衝撃波が向かう先は、壁際に退避《たいひ》していたマッシュとここに囚われていた少年だ。

「貴様っ！　卑怯者《ひきょうもの》めっ！」

ウォルフを罵《のの》りながらも、アデルは即座に動き出していた。

「見習うと言った！」

衝撃波に追いつき、追い越すような速さでマッシュ達《たち》のもとへ駆《か》け込む。

「つかまれ！」

二人を抱えて、衝撃波の軌道から飛び退く。

それは、ウォルフに取っては絶好の隙だ。

アデルの着地地点に、あっという間に肉薄してくる。

長い距離を走るだけで、強風が巻き起こる程の勢いだ。

その速度は、こちらの突進よりも確実に速い。

こちらは見切りの目を強化していなければ、反応すらできない程である。

『気』の術法と術具『嘆きの鎧』の組み合わせはやはり驚異的《きょういてき》だ。

その宿主が、『嘆きの鎧』の好む心の闇《やみ》を抱えていればいる程に。

「うぅ……アデル！　俺《おれ》を捨てろ……！　邪魔《じゃま》になる……！」

マッシュが何とかそれだけ絞《しぼ》り出す。

「馬鹿を言うな！」

「ここまでだなっ！」

ウォルフの勝ち誇《ほこ》る声。

「くっ……！」

マッシュが術印を切り、炎の鳥の術法を放つ。

ギュオオオオォォォッ！

生み出された炎の鳥は普段より一回りも二回りも大きく、そして色自体も高温の青い炎になっていた。

「「何……っ⁉」」

アデルにもマッシュにも、予想外の現象だった。

「うぬっ……⁉」

ウォルフは青い炎の鳥の突進を剣の腹で受けるが――

威力で押《お》され、後ずさりして行く。

更にあの炎の鳥の術法は、目標に激突すると弾け飛ぶ特性を持つ。

「うおおおおぉぉぉぉぉっ⁉」

ウォルフの至近距離で爆発炎上《ばくはつえんじょう》し、その体を大きく吹《ふ》き飛ばした。

黒い鎧がアデル達の逆側に弾《はじ》かれ、石壁が崩れる程の勢いで叩きつけられる。

「な、何だ今のは……？　あんなのは俺の術法の威力じゃない……アデル、何かやったのか？」

「いや、意識はしていなかったが――『気』の術法で術具の威力を高めるようなものかも知れん」

あの瞬間、アデルが腕の力を高めていた『気』がマッシュの方に浸透《しんとう》し、『錬気増幅法』に近い効果を生んだのだ。

そしてそれがマッシュが放った術法に作用し、威力を圧倒的に高めた。

今のはアデルが気を十分に溜めて放つ火蜥蜴の尾《サラマンダーテイル》の一撃に匹敵するかもしれない。

マッシュと協力すればあれに近い威力が即座に繰り出せるのは、戦術的に途轍《とてつ》もなく有効だ。

事実今の状況でこちらから繰り出せる攻撃としては、あれ以上はないだろう。

「そ、そんな事が出来たのか……？」

「私も知らなかった。あれは術具を体の一部のように馴染ませることで発動するのだが……それだけ私が、お前の事を信頼《しんらい》しているという事なのだろうな？」

アデルはマッシュに微笑《ほほえ》みを向ける。

こんな事は時を遡る前にも体験したことは無かった。

ユーフィニア姫《ひめ》の護衛騎士はアデル一人で、信頼を置ける仲間はいなかった。

主君であるユーフィニア姫については心から敬愛していたものの、ユーフィニア姫自身が術法を使うわけではない。

それに護《まも》るべき主君が自分と一緒《いっしょ》に戦場で戦っているなど、基本的にあってはならない事だ。

「そ、そうか……？　俺を信頼してくれると言うのは光栄だよ。ありがとう、アデル」

「ああ、私もだ。今のは助かったぞ」

今のアデルは、時を遡る前のような『嘆きの鎧』に好まれる怒《いか》りや絶望を失った。が、その代わりに信頼の置ける仲間と、その信頼によって成り立つ力もあるという事なのだろう。

それは、純粋《じゅんすい》に喜ばしい事だ。

そしてこの力を活《い》かして、かつての自分に近しい、このウォルフ・セディスを制してこそだろう。

「奴《やつ》には効いたか……!?」

マッシュがウォルフが叩きつけられた壁の方に視線を向ける。

「うおおおおおぉぉぉぉっ！」

ウォルフが雄叫《おたけ》びと共に立ち上がり、半分体が埋《う》まった石壁から飛び出す。

「まだだ……！　もう一度お見舞《みま》いしてやれ、マッシュ！」

アデルはマッシュの肩《かた》に手を置き、そう呼びかける。

「ああ！　任せろ！」

マッシュが再び素早《すばや》く術印を切る。

巨大な青い炎の巨鳥《きょちょう》が、ウォルフに向けて突進して行く。

「ぬううううぅぅうんっ！」

ウォルフは裂帛《れっぱく》の気合を込めて剣を振り上げる。

『嘆きの鎧』が怪しく黒い輝《かがや》きを放ち、それが刀身にまで浸透している。

そしてウォルフの一閃が、マッシュの放った炎の鳥を真っ二つに両断した。

「貴様等などに、私の邪魔はさせんっ！」

「何て剣技だ……！　あれを斬り飛ばすとは！」

「手を止めるな！　まだ撃てるか⁉　奴を近づけるな！」

この術法の威力増幅《いりょくぞうふく》は、アデルにとっては火蜥蜴《サラマンダーテイル》の尾に青い炎の刃《やいば》を生む程度の負担で済んでいる。

気を溜《た》めて極大の一撃を放つより遥《はる》かに軽い。連発も可能だ。

「よし……！　やってみる！」

三度目の炎の巨鳥。

「効かんと言っている！」

今度は下段からの切り上げが、炎の鳥を真っ二つに斬り裂《さ》く。

それにより、ウォルフの眼前の視界が開けると――

すぐ目の前に、もう一つの炎の巨鳥が迫っていた。

「何……っ⁉」

マッシュは術法を二連射していたのだ。ぴったり前後に並ぶように。

前の鳥に覆《おお》い隠されていたが、ウォルフが一撃目を斬り裂いた事でその姿が現れた。

「だがそんなもの……ぉおっ⁉」

ウォルフが驚《おどろ》いたような声を上げたのは、剣を返して振り下ろそうと一歩を踏《ふ》み込んだ瞬間、歩幅《ほはば》が想定より大きくなり過ぎて、バランスを崩したからだ。

無論ウォルフ自身がそんな失敗をするはずがない。

火蜥蜴の尾《サラマンダーテイル》の鞭が踏み込む足に巻き付いて、ウォルフの足を必要以上に前に引っ張ったからだ。

当然それを行ったのは、アデルだ。

マッシュの術法の鳥に姿を隠して接近し、ウォルフの動きを見切って妨害《ぼうがい》したのだ。

「く……っ！　小賢《こざか》しいっ！」

「誉《ほ》め言葉だな！　もう一度受けておけ！」

再び弾け飛ぶ青の巨鳥。

爆音《ばくおん》と衝撃。ウォルフがまた壁際に吹き飛び――

「ぬううぅおぉおおおっ！」

今度は叩きつけられずに壁を蹴って、アデルのもとに真っすぐ突っ込《こ》んでくる。

「……！」

突き出された剣先《けんさき》の速さ、勢いはまるで一筋の閃光《せんこう》のようである。

先程までよりも、更に速さを増している。

アデルの反応速度を上回るかも知れない程に。

「私の国を……！　邪魔をするなあああぁぁぁっ！」

「そんな安い野心では、私を倒す事は出来んっ！」

そう言うアデルのすぐ目の前に、ウォルフの剣が迫って来る。

「アデル！　あぶないっ！」

マッシュが声を上げた次の瞬間――


ギイイィィィィインッ！


ウォルフの手に握《にぎ》られた業物の剣が、真ん中から斬り飛ばされていた。

「何……ッ!?」

ウォルフの剣を斬り飛ばしたアデルの手に握られているのは、黒い炎《ほのお》の刃と化した火蜥蜴の尾《サラマンダーテイル》だ。

そしてアデルの頭にはケルベロスの耳が。腰《こし》の後ろにはふさふさの尻尾《しっぽ》も。

『神獣憑依法』――アデルの影《かげ》の中にいるケルベロスと同化する切り札だ。

『ククク……ッ！　待たせたなアデルよ。さあ、この卑怯者を叩き潰《つぶ》してくれようぞ！』

ケルベロスの元気そうな声が、アデルの頭の中に響《ひび》く。

（待たされ過ぎて危ない所だったぞ。マッシュには礼を言わねばならん）

マッシュのおかげで、かなり時間を稼ぐことが出来た。

あれが無ければ、『神獣憑依法』を出す前に押し切られていた可能性もある。

『すまんな。ここからは我が力、存分に振るうがいい！』

「ああ、そうさせて貰う！」

アデルはウォルフに踏み込み、腹に膝蹴《ひざげ》りを叩き込む。

ウォルフはその速さに反応できずに、まともに受ける事になった。

「ぐおぉぉ……っ⁉」

『嘆きの鎧』の装甲もその蹴りの威力でひしゃげ、中のウォルフに衝撃《しょうげき》が突き刺さる。

「ぐぅ……何だそれは――⁉　その力は……！」

「貴様は井《い》の中《なか》の蛙《かわず》だという事だ！　一護衛騎士である私にも及《およ》ばぬくせに、自分の力に

「一国が相応しいなどとは片腹痛い！」

「黙《だま》れえええええっ！　小娘がっ！」

ウォルフは折れた剣を乱撃《らんげき》のように振り回し、無数の衝撃波《しょうげきは》を発する。

剣が折れていても、衝撃波を放つ分には問題が無い。

「小娘だからこそ、この力が使える！」

アデルは黒い炎の刃の火蜥蜴の尾《サラマンダーテイル》で、ウォルフの衝撃波を悉く《ことごと》撃墜《げきつい》して行く。

黒い炎はケルベロスに言わせると、ケルベロスの一族に伝わる伝説の炎らしい。

アデルと一つになり、爆発的《ばくはつてき》に高まったケルベロスの力が、黒い炎の力をアデルに与《あた》えているのだ。

「敬愛する主君に出会えなかったことが、貴様の不幸だな！　だから自分こそが一番優《すぐ》れているという誇大妄想《こだいもうそう》に囚《とら》われ、成長しないのだ！　ユーフィニア姫様がいてこそ、私は今の強さを手に入れた！　貴様にはそれが無い！　だからこそ、私には勝てん！」

「黙れと言っている！」

ウォルフは折れた剣を腰だめに、捨て身の姿勢でアデルに突っ込んで来る。

その姿を目がけて、アデルは掌《てのひら》を翳《かざ》す。

あっという間に黒い炎の大火球が、アデルとウォルフの間に出現する。

「さあ、その長く伸び過ぎた鼻っ柱をへし折ってやるぞ！　メルルやその兄弟達《きょうだいたち》に、償《つぐな》いをしろッ！」

ズゴオオオオオオオオオォォォォオォッ！

「うごおおおおおおおおおぉぉぉぉっ⁉」

放たれた黒い炎の大火球が、ウォルフを押し込み飲《の》み込んで、奥《おく》の壁にぶち当たる。

そのまま壁を崩して地面を抉《えぐ》って行き、消滅《しょうめつ》した時には、巨大《きょだい》な坑道《こうどう》のような長い穴が出来上がっていた。

「……よし！」

『わははは！　こうなった我等に敵は無い！　何が来ようが鎧袖一触《がいしゅういっしょく》よ！』

頭の中に響くケルベロスの声が、自慢気《じまんげ》にはしゃいでいる。

「……あまり調子に乗るなよ。こうなる前の事を考えれば、決して楽な戦いではない」

「やったな、アデル！　見ろ、封獣板《ふうじゅうばん》も燃えている。これでメルルも元《もど》に戻るはずだ」

マッシュが指差した先に薄《うす》い金属の小札が落ちている。

ウォルフが持っていた封獣板だ。それが燃えて、消滅して行くのが見えた。

「ああ。これで姫様にもご安心頂けるだろう」

「そうだな。それが何よりだよ。そして、奴は……」

マッシュの視線の先、燃えて無くなった封獣板の近くに、ウォルフ・セディスの姿があった。

「もう戦う余力はないだろうが……『嘆きの鎧』のおかげで命拾いをしたな。呆《あき》れる程に頑丈《がんじょう》な装甲だ」

「確かにな、あのエルシエルですら消滅を免《まぬが》れなかった攻撃《こうげき》なのに――」

『嘆きの鎧』事体は粉々になって溶《と》け落ち消滅し、跡形《あとかた》も無い。

だがウォルフ自身は五体満足で、倒れているが息もありそうだ。

鎧とはそれを纏う者の身を護るためのもの。その役割を見事に果たしたと言える。

「どうする、アデル？　姫様の前に引っ立てるか？　それとも、ここで……」

止めを刺してしまうか？　とマッシュは聞いている。

「……どうするかな」

素直《すなお》に諸々《もろもろ》の企《たくら》みについて自白をするならば、この場は捕らえてもいいが――

ウォルフの行った事は、ほぼ死罪は免れないだろう。

それが分かって素直な態度を取るのだろうか？

ユーフィニア姫を傷つけるような言動をしかねない。

そもそも、『気』の術法を使う凄腕《すごうで》のウォルフを、裁きの日まで逃がさずに拘束《こうそく》しておくことはかなり難しいのではないだろうか？

内心そう考えつつ、アデルはウォルフのもとに近づく。

「……どうだ、その歳《とし》で初めて自分より強い者に叩きのめされた気分は？」

「……そうだな。意外と悪く無いのかも知れん――」

ウォルフは自嘲《じちょう》気味に言い、一つ大きなため息を吐《つ》いた。

「貴様は今まで負けた事が無かったのだろう？　それが不幸だったな。高過ぎる自己への評価を改める機会が無かった。『気』の術法が使えても、欲《ほ》しいものが手に入らなかった男などいくらでもいるものだ」

アデルもその一人なのだから。

時を遡《さかのぼ》ることが出来なかったら、アデルも姫が存在しない世界をやがて憎《にく》み妄執を募らせて、ウォルフのようになっていたかもしれない。

「そうなのかも、知れんな……」

「全てを白日の下に晒《さら》し、メルルやその兄弟達に償いをする気持ちはあるか？」

アデルはウォルフにそう問いかける。

その時——

「父上っ！」

その場に姿を現した人影《ひとかげ》。

それはウォルフの息子《むすこ》、ダンケル・セディスだった。

「ダンケル・セディス——助太刀《すけだち》に来たか……！」

ダンケルに注意を向けた瞬間、その隙を見逃《みのが》さず、ウォルフはアデルを突き飛ばして跳《は》ね起きる。

「ちぃっ……！　往生際《おうじょう》の悪い！」

「ははは！　よく来た、ダンケル！　この者達の足止めをしろ！　私は落ちのび、態勢を立て直す！」

高笑いしながらウォルフは地下空間の出口——ダンケルのほうへ駆け寄って行く。

「逃がさん……！」

まだ動けるのは見上げたものだが、動きは確実に鈍《にぶ》っている。

ダンケルが立ち塞《ふさ》がるのならば、蹴散《けち》らして追撃《ついげき》する。

そう思いつつ、アデルが駆け出そうとした時——

「父上……もう終わりです！」

ヒュウウゥゥン！

不意に、風を裂くような鋭《するど》い音がした。

「ははははははは……！　うがっ……!?」

ウォルフの哄笑《こうしょう》が突如途切《とつじょとぎ》れる。そしてどさりと、体が崩れ落ちる音。

すれ違いざまにダンケルが投じた円形の刃――戦輪が、ウォルフの首に直撃《ちょくげき》し、斬り飛ばしてしまった。

「何……っ!?」

アデルもマッシュも、その光景に驚いて声を上げる。

「ダンケル・セディス……何故……!?」

「あなた方も、見たでしょう？　父にとって私達は最後まで道具、捨て駒《ごま》――ですがそれは本当に正しいのか、他に道はないのかとあの子、メルルが……出来る事なら私は、あの子を信じたい……ならばこれは、長兄《ちょうけい》である私の役目でしょう」

アデルの問いに、ダンケルは俯《うつむ》いて応じる。

「私は逃げも隠《かく》れも致《いた》しません。メルルや他の弟や妹達には、何卒寛大《なにとぞかんだい》な処置を……！」

ダンケルはそう言って、アデル達の前に跪《ひざまず》く。

「そうか……後の事はユーフィニア姫様と、国王陛下にお任せしよう。ひとまず一緒に来てもらうぞ」

「ええ、承知しました」

「アデル。後で構わないから、ウォルフ・セディスの弔《とむら》いだけはしてやらないか？　結局の所、マルカ側に唆《そそのか》された犠牲者《ぎせいしゃ》なんだ、この男も――」

「……ああ。お前がそう言うのならば、付き合おう」

「ありがとう。これがマルカのやり方なんだ――口だけは尤《もっと》もらしい理想を述べるが、そのためならばどんな汚《きたな》い事も平気でやる連中だよ」

マッシュが自嘲気味に、そう述べていた。

◆◇◆

王都ウェルナ、王城。ユーフィニア姫の自室――

「ああ。やっと帰ってきましたね。やっぱり自分の部屋は落ち着きます」

部屋に一歩入り、沢山《たくさん》の蔵書の本の匂《にお》いを感じると、ユーフィニア姫は嬉《うれ》しそうな笑顔《えがお》を浮《う》かべる。

それを見ていると、アデルも自然と笑顔に——なりたかったが、なれなかった。

両手で支えている本の山が今にも崩れそうで、全く油断が出来ないからだ。

これは、シィデルの街の古書店巡《めぐ》りで、ユーフィニア姫が買って来たものだ。

何冊だろう？　数十冊はある気がする。

「ひ、姫様《ひめさま》！　これは、どちらに置きましょう……!?」

「ああ、アデル。済みません、こちらの本棚《ほんだな》の隅《すみ》に重ねておいて下さい」

「ははっ！」

『我もさっさとこの荷を降ろしたいのだが？』

「ああプリンさん。それは、部屋の入口の所で結構です。後でお城の皆《みな》さんにお配りするお土産《みやげ》ですから」

ケルベロスは背中に大量の荷物を山のように括《くく》り付けられている状態だった。

「これを全員に配るとなると、なかなか骨が折れそうですね」

マッシュがケルベロスの背から荷を下ろすのを手伝っている。

「ですが、そうでないと公平ではありませんし……！」

「は、はあ……た、確かに城の者達も喜ぶとは思います」

「はい、そうですよね？」

にっこりと、満足そうな笑顔。

アデルとしてはユーフィニア姫が書店や土産物店《みやげものてん》に行くと、あれもこれもとなって買い過ぎてしまう事は知っていた。

何度も荷物持ちをした経験があるから。

だがその前後でこんなに嬉しそうな顔をしていたのだなと思うと、また新鮮《しんせん》な感動を覚えるのだ。

「ああ、いい顔をなさっておられる……」

本を置くと安心して、ユーフィニア姫の楽しそうな表情を堪能《たんのう》できる。

「ひ、姫様は少々……財布《さいふ》の紐《ひも》は緩《ゆる》いようだな……？」

「マッシュがアデルに耳打ちしてくる」

「何も問題はない。この国の全ては王家のものだ、それをどうしようが姫様の自由！」

「ははは……」

マッシュと話を聞いていたメルルが、アデルの発言に苦笑《くしょう》している。

『ここがユーフィニア姫のお部屋……』

一人、遠征《えんせい》に出かける前にはいなかった人影が。

背と頭に蝙蝠《こうもり》のような羽のある、アデル達と年齢《ねんれい》の変わらないように見える少女だ。見た目はかなり人間に近いが、これでも神獣《しんじゅう》である。

夢魔《むま》リリス――封獣板で操《あやつ》られ、メルルに憑依《ひょうい》していた神獣だ。

アデル達がウォルフの持つ封獣板を破壊《はかい》した後、ユーフィニア姫と盟約したのだ。

ユーフィニア姫程《ひめほど》ではないが、割とお淑《しと》やかな性格をしているようで、あのペガサスに比べれば遥かにいい。

リリスが来てくれたことによって、ペガサスの顔を見る頻度《ひんど》が減ればいい、とアデルとしては思っている。

「自分のお部屋と思って、寛《くつろ》いで下さいね？」

『ありがとう。ユーフィニア姫は優《やさ》しいね』

「ふふっ。さあ、荷物を置いたらお父様に報告に参りましょう」

ユーフィニア姫は笑顔の後、少々表情を引《ひ》き締める。

今回の遠征では色々あった。

時を遡る前は狂皇《きょうこう》トリスタンと言われた、トーラスト帝国《ていこく》の皇太子トリスタンが驚くほど善良な人物だった事。

だがトーラスト帝国とマルカ共和国の関係は、マルカ側がトリスタンの暗殺を企《くわだ》てるような危険な関係である事。

トリスタンはシィデルの街で別れる前、今回の件は出来るだけ表沙汰《おもてざた》にしたくないと言っていた。

トーラスト帝国内にも他国の領土を切り取りたい者達はおり、今回の件はその絶好の口実となってしまうからだ、と。

下手すればトーラスト側からマルカに報復の戦争を仕掛《しか》ける事になってしまう。

人は人同士で争うのではなく、聖王国時代を取り戻すために、外縁《がいえん》の未開領域と戦うべきだと、アデルにも説いていた持論をそこでも言っていた。

だからメルルについても、処罰《しょばつ》は望まない。トリスタンとしては不問にすると。

ユーフィニア姫は何かあれば協力は惜《お》しまないと約束し、帰って来たが――

これらの経緯《けいい》を、国王に報告しないわけには行かないだろう。

四大国の真ん中にかろうじて存在する小国ウェンディールとしては、それを知った所で静観をする他はないだろうが。

狂皇トリスタンや、戦の大聖女エルシエルがいなくとも、世界の火種はいくらでもあるという事なのだろう。

王への報告は少々込み入ったものになる。

それが分かっていたから、ユーフィニア姫も表情を少し引き締めたのだ。

と、そこに――

「アデルのアネキ！　アネキ――！」

野太い声と共に、元剣闘奴隷《けんとうどれい》の部下達がやって来た。

「何だ？　騒《さわ》がしいぞ」

「へい！　アネキあてに手紙が来ましたぜ！」

「む……？」

受け取って差出人を確認《かくにん》すると、トリスタンからだった。

「まあ、筆がお早いですね。殿下《でんか》が仰《おつしや》っていた通りです」

ユーフィニア姫は何だか嬉しそうだ。

「…………」

アデルは療養《りようよう》を終えたトリスタンを見送った際の別《わか》れ際を思い出す――

「あ、アデル殿……！　その……！　ま、またお会いできますでしょうか……!?」

別れの挨拶《あいさつ》を終えた最後に、トリスタンはアデルを呼び止めた。

「？　は。私は姫様の護衛騎士《きし》であります。姫様がおられる所に私はおります」

「で、ではユーフィニア姫様……！　いずれトーラストにご訪問頂く予定などはありませんでしょうか……⁉　ご見識を広める意味でも、損はないかと思いますが……⁉」

「はい殿下。わたくしも広い世界を見て勉強してみたいと思っておりました」

「そ、そうですか……！　是非《ぜひ》トーラストに一度いらしてください、アデル殿もご一緒に……！」

「ええ、必ず――いいですよね、アデル？」

「無論です。姫様の行かれる所にはどこでもお供致します」

「ではアデル殿……！　いつもいらして頂くか連絡《れんらく》が取りやすいように、アデル殿宛《どのあ》てにその……お手紙を書かせて頂いてもよろしいでしょうか？」

「は、はあ……別に構いませんが」

トリスタンを通してトーラストや国外の様子が知れるのは、ユーフィニア姫の未来を守って行く上で役に立つ情報になるだろう。

「本当ですか！　ではどちらにお送りすればいいでしょう……⁉」

アデルの答えに、トリスタンはぱっと顔を輝かせていた。

「ええと……特に私邸《してい》などはございませんので、王城に宛《あ》てて頂ければ」

あまりにもトリスタンが嬉しそうなので、少々戸惑《とまど》いながらアデルは応じる。

「わかりました！　早速《さっそく》書かせて頂きますね！」

トリスタンは再び、嬉しそうな笑顔を浮かべていた。

トリスタンからの手紙を手にしたアデルは、少々困り顔で頬《ほお》を掻《か》く。

「こんなにも早く手紙が届くとは……な」

「後で返事を書かないといけませんね？」

「はあ……そう言う事は不得手なのですが――手紙など書いた事がありません」

時を遡る前は盲目《もうもく》であったがゆえに、文字を書くような事はして来なかった。

正直ちゃんと書けるかも怪《あや》しい。

「良い機会ですよ。一緒にお勉強しながら、書いてみましょう？」

「は……！　ありがとうございます、姫様！」

ユーフィニア姫に教えて貰《もら》いながらならば、それは楽しい時間になるだろう。

時を遡る前も、ユーフィニア姫に本を読み聞かせて貰うのは楽しかった。

「さ、まずはお父様の所へ参りましょう」

「ははっ！　姫様っ！」

ユーフィニア姫と一緒に手紙を書くのを楽しみに、アデルはその後に続いた。

◆◇◆

そして、その夜――

「さあ、休みましょう。今日は少し疲《つか》れてしまいましたね？」

ユーフィニア姫の自室から繋《つな》がる、寝室《しんしつ》。

王族らしい立派なベッドには、枕《まくら》が三つ並んでいた。

「は、ははっ……！」

アデルとメルルと、今日は三人で寝《ね》ようと言ったのはユーフィニア姫だ。

ユーフィニア姫がそう言う以上、アデルとしては従うのだが――

自分の意識は男性なので、やはりとても悪い事をしているような気がする。

「はい、姫様」

普段《ふだん》なら面白《おもしろ》がってアデルをベッドに引き摺《ず》り込みそうなメルルも、少々伏《ふ》し目《め》がちな様子である。

その理由は、アデルにも良く分かる。

シィデルの街での事件で、トリスタン暗殺の企みに手を貸してしまった事。

いくら操られていたとはいえ、その事に対する罪悪感に囚われているのだ。

メルルはシィデルの街から帰る前、あんなことをした自分が、これ以上ユーフィニア姫の側に仕える事は許されないと言い、護衛騎士を辞《や》める事を申し出ていたのだ。

それを、全ては国王に報告してからだと宥《なだ》めて王都へ連れ帰って来た。

そして先程まで話し合った結果も、ユーフィニア姫の嘆願《たんがん》と、トリスタンが不問にすると言うのだから、という事で、メルルはそのまま護衛騎士として残って良い事になった。

ただ、それでメルルの罪悪感が霧散《むさん》するわけではないだろう。

こういう事は、時間がかかるものだ。

その上、子供を自らの道具として育て上げるような人物とは言え父親を失い、兄のダンケルがその後を引き取って兄弟達《きょうだいたち》の面倒《めんどう》を見るという事だが、一度失った信用を取り戻すのは至難の業だろう。これからきっと苦労が待っている。

それを思うと、自分だけが、こんなにも——と。罪悪感はますます増すだろう。

ユーフィニア姫もメルルの気持ちが分かるから、呼んで一緒に眠《ねむ》ろうとするのだろう。

少しでも寄り添《そ》って、メルルの気持ちを和《やわ》らげようとしているのだ。

そしてアデルには、それを一緒に手伝って欲しいという事だ。

それは分かるし、臣下に対するその労わりの心には、感服する他は無い。

だが、こんなうら若き清らかな乙女《おとめ》二人と共寝《ともね》とは――罪悪感も二倍である。

これならば、マッシュや今回は城に残して留守番していた元剣闘奴隷の部下達と雑魚寝《ざこね》する方が気を使わないのだが。

「メルル。無理に呼んでしまって済みません」

アデルとメルルの間、真ん中の枕に頭を預けたユーフィニア姫がそう言う。

「いえ、本当にありがとうございます……護衛騎士として残して頂けるばかりか、セディス家への処置も寛大《かんだい》にして頂いて――」

「メルルは、わたくしにとって大切な人です。だからわたくしに出来る事は致します。これからも護衛騎士として、一緒にいて下さいね？」

ユーフィニア姫は、慈愛《じあい》に満ちたたおやかな微笑みをメルルに向ける。

するとメルルの瞳《ひとみ》から涙《なみだ》がぽろぽろと溢《あふ》れて、枕を濡《ぬ》らして行く。

「姫様……でもあたしは、姫様にそんな風に言って貰える人間じゃないんです……アデルみたいに、姫様の事が大好きで、本当にお仕えしたくてお城に来たわけじゃなくて……父の、セディス家の道具として――誰《だれ》でもいいから偉《えら》い人を篭絡《ろうらく》して来いって……」

涙を流すメルルの頬を、ユーフィニア姫がそっと撫《な》でる。

「それでも、わたくしがメルルを必要としている事は変わりませんよ？　明るくて楽しくて、わたくしのお姉さんみたいですから」

「……道具だったと言うが、メルルが姫様をお慕《した》いしていた事は私には分かっている。道具は人を慕いはしない。これまでも、これからも、メルルはメルルだ。姫様をお慕いする同志として、共に護衛騎士でい続けられる方が私は嬉しい」

「姫様ぁ……！　アデルぅ……！」

それからは、大泣きするメルルを二人で慰《なぐさ》める時間だった。

少々骨は折れたが、喜ばしい時間でもあった。

時を遡る前は、『嘆《なげ》きの鎧《よろい》』がユーフィニア姫の手元に残り、メルルは帰らぬ人になっていた。

今は『嘆きの鎧』は失われたが、こうしてメルルがユーフィニア姫のもとに戻って来た。

それは、ユーフィニア姫にとって確実な幸せだろう。

あの時とは違《ちが》う。確実に変わっている――

そう思うと、アデルとしても満足で、幸せな気分になれた。

――翌朝覚めた時、ユーフィニア姫がアデルに抱《だ》き着いて、胸元《むなもと》に顔を埋めるように眠っていたのには少々困ったが。

どうもシィデルの街で一緒に眠って以来、変な癖《くせ》が付いてしまったのかも知れない。

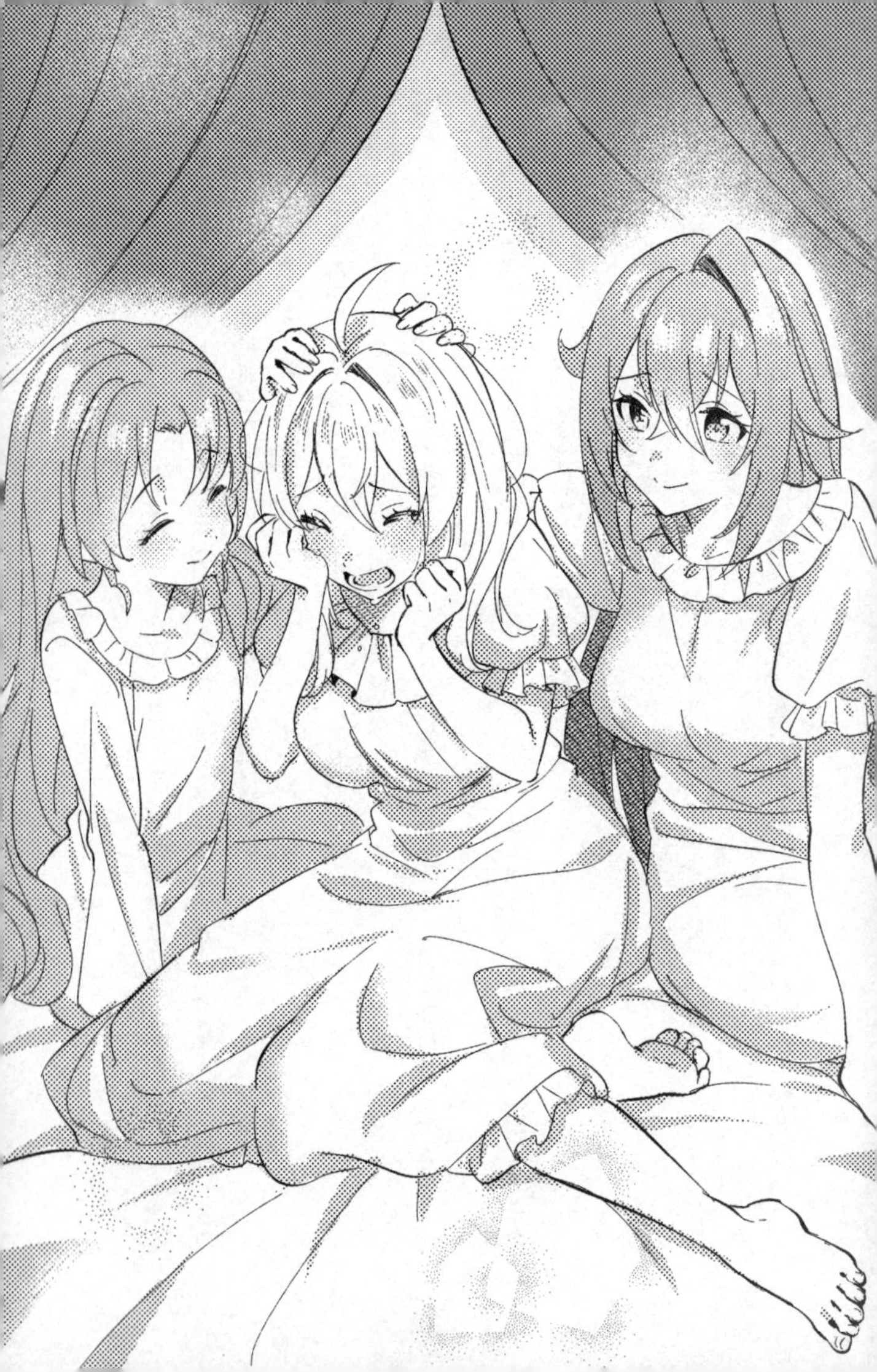

あとがき

まずは本書をお手に取って頂き、誠にありがとうございます。

剣聖女アデルのやり直しの第2巻になります。お楽しみ頂けましたら幸いです。

また、前巻の発売後にファンレター等頂いてしまい、ありがとうございました！

僕は２０１２年デビューなので、もう10年以上やらせてもらってるわけですが、ファンレター頂いたのははじめてで、とても新鮮でした。

全然そういう事がなかったので、空想上のアイテムだと思ってましたよ！

いざ頂くと嬉しいものですね。

今後ともご期待に沿えるよう頑張りたいと思いますので、よろしくお願いします。

という事で長く作家業を続けて行きたいわけですが、最近どうも体の具合が。。

肩腰痛くて整骨院通い出したのもありますが、体内年齢とやらを計れる体重計で計ってみたら、55歳判定でした。

実年齢より10歳以上上です。

いやむしろ実年齢も55歳だったら、年金受給開始が近くて逆に助かったかも知れませんね。

サラリーマンの生涯年収を稼ぐか、年金貰えるまで作家業続けるのが目標ですが、逃げ切りゴールまでの期間が短くなりますからね。

いやー、どっちも達成するの凄い難しそうですが。。

専業作家はじめてもうすぐ2年になりますが、専業でやり続ける難しさをひしひしと感じています。

今はいいけどこれが終わったら仕事無くなるかも知れん、そしたら生きていけない。という恐怖感が常にありますからね。

これが永久デバフのように精神を蝕み続けると言うか、兼業だとこれは回避できるんですけど、その分睡眠時間が短くなるという物理的デバフにかかるという。。

まあどっちも楽ではないんだと思いますが、今は専業として作家寿命を出来るだけ長くしていきたいなあと思っています。

そのためにまだまだ色々仕事を増やすぞ、と企んでます。

あと能力的に枯渇しないように意図的にインプット増やさなきゃ、という事で今年はアニメとか映画を意図的に多めに見てます。

映画館も今年は結構何回も行ってます。マリオの映画面白かったですね！　シーンシーンの絵力が凄くて、ずっと全力と言うか、見応えが落ちないと言うか。僕は自作を作る時に一番に考えるのは『その場その場での面白さ』で、それが連続すれば一冊通して面白いと思っているんですが、あの映画は創り方に共感できるというか、見ていて気持ち良かったです。

このアデルも勿論その方向性で考えて書いているのですが、読者の皆様がこれを読んで構成とか起承転結がちゃんとしてる、なんて思う事があれば、それは気のせいです……！　というか本当にそこは重視していないので、20年近く本業SEでプログラムやってた経験で、自然と物語的なバグを取ってるという事なんだと思います。

いつも思いますが、小説書くのにプログラミングの経験って役に立つと思います。

さて最後に担当編集N様、イラスト担当頂きましたうなぽっぽ様、並びに関係各位の皆さま、多大なるご尽力をありがとうございました。

いつも思うんですが、アデルがめっちゃ可愛くて好きです。

それでは、この辺でお別れさせて頂きます。

HJ文庫 https://firecross.jp/
1102

剣聖女アデルのやり直し 2
～過去に戻った最強剣聖、姫を救うために聖女となる～

2023年8月1日　初版発行

著者――ハヤケン

発行者―松下大介
発行所―株式会社ホビージャパン

〒151-0053
東京都渋谷区代々木2-15-8
電話　03(5304)7604（編集）
　　　03(5304)9112（営業）

印刷所――大日本印刷株式会社

装丁――内藤信吾（BELL'S GRAPHICS）／株式会社エストール

ISBN978-4-7986-3239-1　C0193

ファンレター、作品のご感想お待ちしております
〒151－0053　東京都渋谷区代々木2－15－8
(株)ホビージャパン HJ文庫編集部 気付
ハヤケン 先生／うなぽっぽ 先生

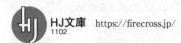